慢慢来，
谈一场不赶时间的恋爱

MAN MAN LAI TAN YI CHANG BU GAN SHI JIAN DE LIAN AI

吴雅楠 著

作家出版社

图书在版编目（CIP）数据

慢慢来，谈一场不赶时间的恋爱 / 吴雅楠著. -- 北京：作家出版社，2015.8

ISBN 978-7-5063-8032-4

Ⅰ.①慢… Ⅱ.①吴… Ⅲ.①散文集 - 中国 - 当代

Ⅳ.①I267

中国版本图书馆CIP数据核字（2015）第112342号

慢慢来，谈一场不赶时间的恋爱

作　　者：吴雅楠
责任编辑：翟婧婧
装帧设计：粉粉猫
出版发行：作家出版社
社　　址：北京农展馆南里10号　　邮　　编：100125
电话传真：86 –10–65930756（出版发行部）
　　　　　86 –10–65004079（总编室）
　　　　　86 –10–65015116（邮购部）
E-mail：zuojia@zuojia.net.cn
http://www.haozuojia.com（作家在线）
印　　刷：北京凯达印务有限公司
成品尺寸：143×208
字　　数：186千
印　　张：8
版　　次：2015年8月第1版
印　　次：2015年8月第1次印刷
ISBN　978-7-5063-8032-4
定　　价：35.00元

目录

第四章　从前，那么慢，那么美

第五章　慢一点回应，多一点爱恋

第六章　两情若是久长时，若即若离在一起

第一章

你若慢下来，世界都为你让路

没错，我们已经不可拒绝地身处在一个速食的时代，光速、网速、车速无一不在提速，我们没有办法像村上春树一样回到《IQ84》，一样让时间倒回，所以那些想踮起脚尖儿放慢速度的人好像注定要被抛离到主流之外，还有什么能阻挡我们匆匆的脚步？连爱情和婚姻，我们都可以在闪电下进行。爱情在追求效率和速度的时空里，很容易在不经意中被丢失。可是，可是，等一等，真理不是也一直掌握在少数人手里吗？当许多人顺势而上，你却放慢脚步，不是你被他们冲淡，而是世界都在为你让路。

没有什么比笃信一个人终究会找到爱情更使人安宁的了。

这笃信，让我们拥有拥抱世界的勇气。

这笃信，让我们相信爱情永远是在进行时。

这笃信，让我们用最好的时光文火慢慢熬，把感情蒸腾成一粒凝香，不辜负遇见他之前的旧时光。

没有什么比笃信两个人终究会天长地久更使人安宁的了。

这笃信，让我们不念过去，不畏将来，只留存最好的现在。

这笃信，让我们的爱情不败给时间，不败给距离，不败给自己。

这笃信，让我们用心去倾听，那些隐藏在粗茶淡饭背后的深情，那些浅淡长久的挂牵，那些没有说出口却记在心头的：我爱你。

一个人不孤单，想一个人才孤单；两个人不辜负，辜负了自己才辜负。爱情有时候就是那么一种情绪，那个人不会一开始就出现，也不会一开始就陪你到结局，走过的都是美好，留下的都是风景。谁的爱情不曾在颠沛流离中伤痕累累，谁的爱情不曾被眼泪硌出刻骨的伤痛。但是，亲爱的，请相信，真爱没有那么累，幸福也没有那么贵，慢慢来，慢慢来，一切还都来得及，终有一天你会被这个世界温柔相待。而我，愿意做一个路人，与你急促的脚步擦肩而过，俯首帖耳说一句：亲爱的，慢一点，再慢一点。愿我们一起，在爱的路上少受点伤，也愿你慢下来修炼成精，回望我一句：谢谢你，陪我在最美的年纪里享受过爱情的老火汤。

MISS快餐&MISS不着急

　　女人有很多种，可是如果单纯从俘获男人的技术上来看，无非分为两种风格，第一种是快刀斩乱麻，速战速决；另一种是剥丝抽茧，慢慢引诱。若论俘获男人的速度，后者远远要比前者慢，可是要论及男人抵御女人的程度，后者就要远远高于前者。

　　其实这一点，一点都不难证实，在那些我们熟识的影视作品中，一般女一号和男一号相爱的桥段都会比较简单，要么两人青梅竹马，要么两小无猜，要么一个回眸，要么一个误会，总之，两人莫名地就相爱了，甚至女主角莫名摔倒都能倒在男一号的怀里。可是这样的爱情总不能长久，至少不会一帆风顺，因为总会杀出个程咬金，来考验两人的感情，这就是女二号。女二号不好演，她得想尽办法耍手段，玩情调，奸诈得让人咬牙切齿，也总能让男人们动摇一番的。因为这种坏坏的感觉，让他们棋逢对手。那句话怎么说来着，"人生最不幸的事情就是得到了自己想要的"，因为一旦男一号和女一号一帆风顺过下去的时候，男一号就会感慨，我以为我真的很爱你，可是直到遇到她，我觉得我空白的人生，一下子多了几分色彩。

　　科学地说，这是由男性生理特点决定的，所有快感都是相同的，区别只是调情的过程，所以，得到的过程越艰难，快感就越明显，换句话说，俘获的过程越漫长，珍惜的程度就越强烈。

时不待我，喜欢男人就要追，没错，这是独立新女性应该信奉的圣经，如果想要这种追的成功率高一点，那么就需要花点心思和技巧，这个心思和技巧，就是要我们停下来，喘息一口，慢慢上路。下面让我们看看，MISS 快餐和 MISS 不着急的故事吧。

Miss 快餐

Miss 快餐，典型快节奏，从来不拖泥带水，这也难怪，为了争取时间，Miss 快餐甚至上学时就跳过两次级。开玩笑了，这当然不能算她急脾气，只能说人家智商高，脑子反应快，自然不喜欢拖泥带水。在恋爱上，Miss 快餐也秉承这个原则，本来 Miss 快餐是要毕业就结婚的，可谁知道，就是碰不到一个合适的结婚对象。

这不，前不久，经人搭线，准备和 Mr 白去相亲。Miss 快餐本来就青春靓丽，为了速速告别单身，又特意打扮一番，和 Mr 白一见面，就牢牢吸引住了 Mr 白的目光。Mr 白，有房有车，有模有样，虽然 Miss 快餐不是一般无知少女，可是也不由被他吸引了，心里暗生好感，大脑也越发运转高速。

服务员热情接待两个人点餐，餐没上来，服务员先拿上来一只漂亮的沙漏。这是本店推出的一项新制度，为了提升效率，在沙漏漏完前，如果菜没上来，服务人员就会受到相应的处罚。

Miss 快餐看着有趣，轻轻撩拨垂下的刘海儿就开始发表自己的看法了：我觉得沙子就是爱情的物质表现，它可以细腻，可以温暖，也可以粗糙生硬，要看你给它什么样的环境，如果说爱情有形状，那么一定要和沙子一样，你没听过吗，爱情就是手里的沙子，握得越紧，流得越快。所以，我绝对赞同，成熟的爱情，必须以给彼此自由为前提，山盟海誓、深情爱意如果成为一种对对方的束缚，那么爱得越深，给对方带来的压力就越大。婚姻，不过是两个人签署了一辈子的合同，当然甲乙双方只能是唯一的一次交易，但是谁都有权利随时终止合同，而另一方则应该无条件合作，因为如果还爱就更要放爱一条生路，如果不爱多留一刻就更是彼此折磨。

这是 Miss 快餐一个难以改掉的毛病，在喜欢的人面前总是滔滔不绝，如果遇到不喜欢的人，谁都很难让她开口，因为对 Mr 白芳心暗许，Miss 快餐越说越来劲，几乎忘了眼前的牛排和沙拉。前半场，Mr 白是细心的聆听者，后半场成了 Miss 快餐与 Mr 白的交锋，几乎 Mr 白的每一个观点，都能引发 Miss 快餐的感慨，这让一直也以口才著称的 Mr 白，很有些沾沾自喜，他甚至认为在这场约会中，他已经轻而易举地吸引住了 Miss 快餐。而 Miss 快餐也觉得，他和 Mr 白简直就是天生一对。

约会结束了，Mr 白要求送 Miss 快餐回家，Miss 快餐并没有拒绝，一路上，MR 白礼貌地为 Miss 快餐打开车门，Miss 快餐感慨 Mr 白太绅士了，比起她曾经的相亲对象不知道好多少。现在的男人越来越娘，想找个绅士有风度的男人太难了，说到兴奋时，Miss 快餐竟然大举她从前交往过的男生的例子，两人一起嘲笑那些男人的幼稚、可笑、小气……Mr 白也不甘示弱，跟 Miss 快餐说起了自己交往过的女生……两人突然觉得又多了一分默契。

当晚，Miss 快餐已经想入非非，估计着 Mr 白已经到家，短信就跟着飞了过去：认识你很高兴，今晚很难忘，期待再相聚。——同感，时间、地点你定，我随时恭候。——我无所谓，听你的。第二次约会，两人在一家昏暗的西餐厅，Miss 快餐把自己的手交到了 Mr 白手里。第三次约会，Miss 快餐把整个人交给了 Mr 白，Miss 快餐觉得自己对 Mr 白稳操胜券，或者说，自己已经成了他碗里的茶。可是后来，后来，据说 Mr 白刚刚结婚，新娘不是 Miss 快餐，而 Miss 快餐至今还信奉着爱时你侬我侬，两情相悦，不爱时以干干脆脆的态度寻找她的 Mr.Right。

Miss 不着急

Miss 不着急人如其名，千真万确的 28 岁，却任由身边同学的重磅红色炸弹一波一波来袭，她却依旧按照自己的节奏按兵不动。准备与 Mr 白约会的时候，大家都说，这回 Miss 不着急是真的着急这事了。可是他们不知道，其实 Miss 不着急与 Mr 白已经认识两个多月了。他们是在一个上百人的培训中认识的，导师为了调节气氛，让大家拿出手机，雷达扫描好友，两人就这样成了微信好友，偶尔互相点个赞，有一搭没一搭聊几句。期间 Mr 白想要约 Miss 不着急见面，Miss 不着急工作太忙，推了两次，其实 Miss 不着急也不是完全拿不出时间来见面，吊吊胃口，Mr 白才更努力吧。

决定见面时，Miss 不着急打开衣柜选了半天，最终选择了一件绿色雪纺衬衣搭配一条黑色高叉裙子，这样的打扮乍一看来端庄职业，而随着身体移动，玲珑的曲线却是若隐若现。两人的话题从今早的新闻开始，分寸刚刚好，Mr白每每发表见解，Miss不着急或是浅浅微笑，或是轻轻点头，这种若即若离的态度，让Mr白格外紧张，说话的时候也不时语无伦次，让Miss不着急明白这个男人被自己吸引了，但她回应得并不激烈，只是向男人回以友好的微笑。男人为展示自己的经济实力，开始谈他去各地旅行，谈他如何在经济危机中起死回生，这种明显的炫富Miss不着急看得出他这是在跟自己亮出钱包呢，这一次她主动举起杯，巧妙地做了暂停。

在整个约会中，一直是Mr白占据主动，Miss不着急没有太多的言语，更没有流露出她的成长经历和感情过往，可是她心里知道，此时自己更像是一块璞玉，深深地吸引着眼前这个男人一步一步解开。

约会的当天晚上，男人礼貌地表示要送Miss不着急回家，Miss不着急却说自己想要在商场逛一会儿，支开了男人后，自己打车回了家。果然，一个多小时后，男人的微信就来了：到家了吗？感谢你接受邀请，周末能再见吗？Miss不着急虽然很想回个信息，但还是忍住关机睡觉了。第二天早上，Miss不着急很客气地回了个微信，既告诉了他自己的感受也很好，又告诉他自己习惯了早睡，没有看到他的信息。在第二次约会的时候，Mr白很注意时间，希望能不影响她的休息，Miss不着急明白，这个男人已经跑不掉了。

慢慢爱，慢慢学

台湾作家张国立说：也许这段爱情最美丽之处就在于没有结局吧；如果把这种悲伤的论调换一个理解，是不是我们可以说慢慢地谈恋爱，谈一段开放式的恋爱，才不至于让婚姻把恋爱变成一条通往火葬场的流光大道呢？那么婚姻于此只不过是一个重要的关卡，不再是爱情的坟墓。爱人之间从未停止过追逐和保留自我，那么那个女人一定是幸福的，因为她有独立的世界，包括感情，因为她肯放手给她想要的爱情的男人。

①**好话慢慢说** 如果你真的有机会遇到一个一见钟情的人，那么还记得那句话吗？你若着急，必定出局。请不要马上急着上去表白，可以尽量制造偶遇的场合，三两次后，再去打招呼，这样男人才更有巧合的兴奋感。

②**好东西慢慢送** 恋爱中，你一定要懂艺术就是"一次只给一块糖"的慢诱准则，让他每一次发现都是新感动，每一次感动都是头一遭。

③**好魅力慢慢放** 别在喜欢的人面前太早抛光自己，已经知道结

局的小说没有人愿意看下去，即便你有再多的才华和魅力，也不要马上托盘而出，把你的鱼线抛得远一点，看看谁先上钩。

④**好脾气慢慢发**　不可否认，我太欣赏贤惠温柔的女人了，因为这可能是我此生都无法企及的，可是如果你婚前就已经表现出一副百依百顺好媳妇的架势，那么他一定也会把你当成老妈子使唤。千万不要在分手后哭着问，我对你那么好，到底为什么？原因就是，你对他太好了。

⑤**好性情慢慢给**　性情中人难免冲动，如果你们的感情才刚开始，干柴烈火时不妨多浇些水，别太早让他爬上你的床，虽然身上爽了，他心里也难免要画上大大的问号啊。

PS：慢慢恋爱也要快快跑
再次重申一下我的观点，希望女人矜持地恋爱，不被急躁冲昏了头脑，可是如果真的发现男人们已经开始破绽百出，千万记得撒腿快跑，这不是该拖泥带水的时候了。

破绽 1. 开口借钱
如果一个男人在交往时已经开口跟你借钱，你在他眼中不过是一台中奖率很高的老虎机或一台短路的自动取款机。你要是不嫌肉腥，还一次次给自己编造说服自己相信他是有苦衷的落难天使，那么神仙也帮不了你。

破绽 2. 太过猴急
激情和欲望就像恋爱中的咖啡与糖，形影不离。你可以指着男人骂，这就是他们找女人想的那点事，没错，大部分男人都是为了那点事，否则他们就去找男人了。但是一个一见面就猴急的男人，不是显露男人本色，只是告诉你他对你的认识——你是免费的。如果你已经拒绝了，他却还让自己的手继续在你身上游走，放心，妹子，以后他也不会对你很尊重。

破绽 3. 你们不快乐

郑秀文以前有一首歌，叫《快乐不快乐》，悠悠唱来歌虽然好听，但是不免让人费解，你可以数着花瓣算计，男人到底是爱你，不爱你，但是如果你们在一起快乐不快乐，你都不知道，就已经不是情商层面的问题了。比如一加一等于二，一个苹果加一个苹果也一定等于两个苹果，所以，你恋爱时的不快乐加不快乐等于两个不快乐，你结婚后的不快乐加不快乐，只能等于双倍不快乐。

破绽 4. 贬低自己

女人常常被人比喻为狐狸，其实在狡猾方面，真是没有男人那么会卖乖，如果一个男人不停夸你能干，比自己强，那么他心底的真实想法一定是：赚钱你来吧，养家你来吧，家务你来吧……而他的潜台词一定是——亲爱的小猫咪，这辈子我吃定你了，要乖乖被吃哦！

破绽 5. 不想长大

《小王子》是外星人，彼得潘去了外星球，《金刚葫芦娃》《小龙人》都是没有结局的结局，这些事实告诉我们，男人终究是要长大的，不长大的只有两种，一种去了外星球，一种连编剧都没办法写下去。所以，如果你的男人总是以儿子的角色自居，想要你的照顾，那么赶快把他送回外星球吧。

靠近你，离开我

　　快有快的好，慢有慢的好，能够把快慢拿捏得恰到好处才是真的艺术。聪明的女人不用教，就早已懂得这种两性相处之道了。她要让男人知道，她不是一张即撕即弃的便利贴，而是一家琳琅满目的糖果店，一次、两次，每次都会给男人新发现，一生让男人寻求探索，可是糖果店里也没有免费的午餐，不想付出，也拿不到想要的棒棒糖。

　　之所以说要有个度，是凡事物极必反。男人都是贪玩的小孩，如果一直高高挂起，那么很快，他们便会去发现更好玩的，当男人抛出橄榄枝的时候，第一根你拒绝是高贵，第二根是矜持，第三根羞涩，可要是一直沉溺在自己高高挂起的慢性子中，男人不是觉得你脑残就是觉得你喜欢女人。

　　皆大欢喜的结果是：男人并不反感女人的小伎俩，并且愿意陪着你玩周瑜打黄盖的小把戏，他喜欢你的小伎俩，更爱你花招背后的诚意，接受你并欣赏你；如果女人是一本书，那些调情的手段让封面美轮美奂，他由此被吸引，但是内容不够丰富，胃口吊得再高，或许他要么是根本没耐心看了，要么看了也只能失望地说一句，不过如此；就像舞蹈之美在于进退有序，为了这支永恒的舞曲，需要我们不断停下来想一想，有没有跟上节奏，有没有跳错舞步，下一步又该如何迈出；也像你喜欢一件很久的 LV 限量版，总是买不起，总会忍不住诋毁几句，根本不值，真有幸过季打折又被你入手，恐怕你也没兴趣再背出来了，因为谁都会指点上几句，呦！这是上一季的限量版啊！所以，时不待我，别空唱《时间都去哪了》。柴九哥说的，人生有几个十年，最好的时光，不过那一二十年，如果我们能将爱情放慢，那么幸福也将跟着拉长。

有些事，要用时间去证明

时间是《白雪公主》里的魔镜。不管你贿赂它、讨好它、威胁它，它都会原原本本呈现出最本真的景象，唯一的条件就是你肯相信它。

时间是敌人，在我们的身上镌刻岁月的痕迹，但是时间也是最真诚的朋友，向你坦诚你看到的看不到的一切，唯一的回报就是你肯相信它。

忠言往往逆耳，我们总是愿意倾听花言巧语，因为它真的动听舒心，可是那些真相却总是残忍，像在伤口上撒了一把盐。

所以，让我们回到正题，我不是反对一见钟情，一个人能让别人一见之下而钟情，肯定是有过人之处，或者貌似潘安，或者彬彬有礼。可是岁月是把猪饲料，容貌不能一成不变，他也不会永远捧你在手心不融化，所以，如果仅凭第一印象或者初期的印象就妄下结论，那就会像白雪公主果断咬下苹果一样，被外表蒙蔽的结果只有一个——死得很惨。

谁能起死回生？你既没有七个小矮人帮你求救，也没白马王子把你从水晶棺中救出来，能帮助你看清本质的，只有时间。岁月虽然是一把猪饲料，但饲料也是有营养的。所以，如果有个声音已经从你脑袋里冲出来大喊——就是他，我爱他，请注意下列做法：伸出你的右手，拿起离你最近的水杯，注意，请保证水杯里要有一整杯冰凉的水，然后高高举过头顶，翻转手背。

　　等一等，对你实在没有坏处。一个人做一件好事不难，难的是一辈子做好事。如果他的外貌是刻意打扮的，脚上那双袜子可能已经穿了一个星期了，如果他的语言是事先排练的，回到家里他就已经满嘴"方言"，你的魔镜都会把他一一呈现。魔镜绝对不会看走眼，除非他是一直伪装下去，可如果事情真的朝这个方向发展，那么我倒是要说一句恭喜了，因为他至少已经为爱你而做出了改变。

第二章

守得住孤单，见得到月明

不拒岁月，不拒孤单，用青春等一个爱人，并不是所有人都有这样的坚定。妈妈给我们的建议是女孩出嫁要趁早，在貌美如花的年纪出嫁，可是因为青春，难免无知，要不也就不会有恨不相逢未嫁时的遗憾，怎么办？又有人在你耳边说，女人像昙花，一现的时间很短暂，错过花期，就要节节打折，最终不得不清仓出售，可是如果一只枯萎的玫瑰和蔫老的菜花，我要你宁可选择前者，保持花的高贵，也不沦为菜的平凡。

　　我并不是一个数学高手，对数字也都有天生的不敏，这不是我一个人的问题，应该是多数女人的通病，所以，往往在她们的世界里只有 1+1=2 这样粗浅的道理，两个人的世界，就是要找到一个人，打败一个人的孤单。可即便如此，我还是不得不献丑给你们展示一道数学题。

　　如果你的生命能活到一百岁，我们从出生那一刻就注定在大家的围观下崭露头角，你的成长就像一部小草破土的成长史，倔强地只想快点离开父母独立生活。好了，你十八岁了，考上了大学，独自搬进了寝室，经过四年追梦的世界，辗转发现自己终于一个人了，可以独立生活了，"孤单"却成了瘟疫，袭击每一个初出茅庐的年轻人，于是为了治愈身心，你们几乎一股脑儿地开始寻找另一半。你说自己"剩女"了，别人说你这么大了还不结婚，可你还在听我的耐着性子等啊等啊，对不起可能等得有点久了，你等到四十岁吧，终于结婚生子，此后四十年或者更久，你又回归到了群居的状态。

　　如果你想问，为什么诅咒你四十岁才结婚，我想说，我是在提示你的幸福，简单说，即便钻石级的剩女，四十岁结婚，那么从二十二岁大学毕业算起，一生中也只有短短十八年一个人的状态，这其中又有你陆续和男人交往的时间，减掉三分之一，六年；有你拼命工作的时间，减掉三分之一，六年；有你参加各种聚会，亲朋团聚的日子，减掉两年；再算算，十八年只剩下了少得可怜的四年，在你的一生中，不过是 1/25。

也许，你现在正处在这样一个孤单的过程中。你每天一个人出门，孤单地打上一辆车，你是第一个来到公司的人，习惯地跟看门的老大爷点头微笑，然后打开和你一样孤独的电闸箱，让灯火温暖你清晨饱受的寒风；你是第一个把工作做完的人，可是那些要忙着去约会的人总是讨好地把手头的工作交给你，你只有埋头伏案，直到孤单一人，拉下电闸，真正孤单成一个影子，消失在暗夜中；一个人的家里，清冷得能够听到回音，疲惫的身体不想再做任何事，唯一能做的就是躺在床上，孤单地数着星星，2、4、6、8、10……全世界都成双成对，却只有你在可怜中……

No，No，No……如果你不是煽情剧的女主角，请打开窗子，让阳光可以照到你温暖的床上，让一切倒带，重新来过。

清晨你在第一缕阳光的照射下，慵懒地爬出被窝，因为一个人可以随心所欲，你打开音响，放上一曲清晨小清新，按下三合一体的早餐机，一边随音乐摇摆，一边看自己唇边的牙膏，像圣诞老人一样可爱。烤面包和咖啡的香气会打断你傻傻的思绪，吃完早餐，是你一天中最纠结的时刻，因为衣帽间里各式各色的衣服总是让你难以抉择，最后你选了一套柠檬黄的衬衫和橘红色的半身裙，大胆的撞色是只有心存阳光的女孩才敢追随的 T 台脚步。站在小区旁等着，看着那些一家三口，或是甜蜜地难舍难分的小两口，你不禁心中一阵暗喜，看谁先上车，果然，一辆出租车越过他们，停在了你的面前，不是因为司机也被你吸引，实在是师傅想拼活。

你来到办公室，开灯开电脑，浇一浇桌子上的多肉植物，然后收拾心情准备早会的内容，当你意气风发地对老板昨天留下的问题在会议上侃侃而谈的时候，LISA 推门进来了，老板严厉地批评她，要是再敢因为给男朋友挑领带迟到，就让她永远回家去做一个给人系领带的女佣好了。老板说得气愤，EVE 不合时宜地进来了，这已经是她这周第三次因为老公送她上班而迟到了。你羡慕他们每天下班有人接，但是更同情他们此刻的遭遇。

时钟指向下午五点钟，你完成了一天的工作，准备下班的时候，你的女同事抱着一沓厚厚的文件来找你，晚上有个特别重要的约会，能不能帮我完成？没有羡慕，没有嫉妒，更没有恨，你只是撩起长发，回报她一个温暖的微笑：亲爱的，我也很想帮你，但是对不起，我晚上约了舞蹈老师要上课，你也知道，他的课很难约，下次再帮你。亲爱的，这不是欺骗，去上一个舞蹈课程或者瑜伽或者随便什么，你干吗一个人就一定要在办公室加班呢？充实不是让你忘记一个人的孤单，而是让你修炼最好的自己，静候他的出现；是让你的神秘增添你的魅力，不要让人认为一个人的你就会任人摆布。

当你结束了这样充实的一天之后，你还有经历去数羊或者数星星吗？即便隔壁"嘿咻"的声音吵翻了天，也不能打扰你的美容觉。这样的你，孤单得美丽，孤单得骄傲，孤单得随时可以遇到一个人，又不会随便成为谁的谁。这样的孤单是一种技术，它让你在一个人的时候不怕孤单，让你在两个人的时候不怕被辜负。这样的你，孤单，犹荣。

你还未来，我怎敢老

"阳光温热，岁月静好，你不来，我怎敢老去。"当胡兰成在婚书上写下这句话的时候，应该也是流淌着贲发的血液，他肯定不全是在用下半身思考，而他在危难之时背弃张爱玲，也绝对不是在用脑袋思考。他们的爱情，是是非非，都是故事，却留下这一句传奇中的经典——你不来，我不老。

一个认识十年的闺蜜，绝对是感情高手，她的生活中就算没有阳光雨露也不能没有爱情。可是爱情本来就是有腿有脚，不会待在同一个地方太长时间，所以，她的办法是不停追逐，当一段感情已经归于接地气的平静，她便会寻找退路，从另外一段感情中寻找爱情的味道。

要不要指责她的不道德，不负责任？那是另外一个课题，我所欣赏的，至少在感情上，她对得起自己，不委屈，不欺骗，不伪装。可即便是这样的她，也有缺憾。一次醉酒后，她谈起了她最喜欢的那个男人。她是那么爱他，甚至为了他已经决定结婚生子，过一辈子。（男人千万别觉得，女人恋爱不就是为了这个吗？错，当一个女人决定与一个男人结婚生子，那就等于她要为了这个男人牺牲自己的自由，自己的美丽，自己的时间，甚至自己的生命，那才是真的爱。所以，爱对于女人的意义远远大于男人，那不仅仅是肉体的满足和身体的虚荣，是走心的满足和灿若夏花的虚荣。）可仅仅就是一瞬间的犹豫，她让男人等一等，等她再想一想，男人真的很听话，从此没有再提结婚的问题，静静地等着她想好。这一等，便是三年。

男人终于等不住了，免不了俗套地对她说：要么结婚，要么分手吧。我想他是太不了解我这个闺蜜，甚至不了解女人，如果女人能轻易被要挟，就不会是让男人们神魂颠倒了。所以，结果自然是以分手收场。这已经是陈年旧事。不久前，男人从美国回来，依旧对闺蜜念念不忘，而且至今未婚，他很希望能与她旧梦重圆。相比起来，此时的他，似乎比从前更适合做老公，可是闺蜜再次拒绝了。她本来就不是那种循规蹈矩的女人，我们自然也不多猜，虽然很多人说她不知足，身在福中，一个男人肯等你三年之类的话，可是她却告诉我：我不是嫌他太听话，让等就等，是嫌他太不听话，才等了三年。

对于男人来说，或许三年已经够长了，长得足够他恋爱结婚生子，甚至离婚再开始一段新的生活。可是对于女人来说，三年都嫌太短，和一辈子的后悔比起来，三年算什么。一个男人如果连三年都不肯为你等，如果他等了三年都没想明白，这段感情是否值得一直等下去，那么分开是值得的。所以，我们仍佩服她的勇气和英明。如果真的结了婚，后悔的不仅是她，可能也包括男人自己吧。

所以，每当看到很多女孩在自以为找到了最适合的对象的时候，我都忍不住想摇摇头，她真该有位像我闺蜜这样的朋友，情感导师啊！

女人们都不爱听的一句话，就是青春短暂，转瞬即逝，可是又有多少女孩子就是被这句话欺骗了，自以为要在青春年华风光出嫁，这种赶火车的做法，虽然保证自己准时到达了终点，可是谁又能保证这途中没有让你想要驻足的风景呢？

如果还有那么一点不确定，孤单一下，等待一下又怕什么。

一个女孩子最好的时候究竟会有多久。十五岁，十七岁还是二十岁，二十五岁？能在最好的时候遇到最喜欢的人的概率又有多大？身边的人走走停停，有谁真的偷走了你的心？十五岁的时候，没能穿碎花短裙，没能穿着白球鞋，坐在哪个骑单车的男孩身后裙角飞扬。十七岁的时候，没能听哪个白衣少年弹着吉他在你楼下浅吟低唱。二十岁的时候，我还是没能找到一个可以让我安心的人，经营一段感情。二十五岁的时候，奔波在朋友们的婚礼上孑然一身。还要等下去吗？不忘初心，方得始终。等待，可能像少年派巡游在大海上根本不知道边际在哪里，可是因为不知道，心里更燃起一股勇敢的斗志，不需要盛世繁华，也不需要倾尽天下，只需要他出现，然后让你的等待全部有了意义。

别担心韶华老去，比起那些相见恨晚的遗憾，婚姻脱轨的不得已，等得一心人，白首不相离，更有意义。

这不是一篇说教的课文，我只是希望我的小伙伴们在失去耐心，怀疑自己的时候，能够每天早起的时候对着镜子说上一遍，"你不来，我不老！"然后给自己一个美美的微笑，准备迎接一个你随时可能会和他相遇的时刻，开启这一天的马力，等待，是让你勇敢向前冲的力量。他迟迟不肯到来，你怎敢独自老去。

值得等，才够爱

　　有一种孤单，只为了等待，等待一个人，等待那个应该等待的人。不是不爱两个人的繁华，不是不被那份情和爱所吸引，只是在那个人没有出现之前，宁愿守住内心的坚强，甘心静静地选择一个人生活。孤单这东西对每个人来说，都是寂寞，都是嗓中的一根鱼刺，吞不得，吐不得。想要告别单身，告别寂寞，可是除了那一个人，我们甘心选择与孤单牵着手，与孤单依靠着。

　　在所有关于等待的故事中，我只对两个故事记忆犹新。

　　第一个是张茂渊和李开弟。

　　她是张爱玲的姑姑。她曾经无数次以清高智慧的形象出现在张爱玲的笔下，张爱玲在她面前，也常常感到自己生活上的愚钝。这或者是张家的基因，可是张爱玲写了那么多爱情，细微得让人毛骨悚然，却寡淡得让人们能扫落一地的鸡皮疙瘩。所以，世人眼中，她和她的姑姑似乎都是那种看淡生死随时可能消失的女子，这样的女子又似乎根本未曾存在过。可是，她们还是有爱的，深爱，难以想象，像张爱玲这样的女子，竟然会去豢养一个男人和他的新宠，那是要有多爱才做得到的，而另一个，更是痴情得让人心疼。

在张爱玲的文字里，从未对姑姑的情事描述过。偶尔的几篇关于姑姑的文字，也是欣赏与仰视的。张茂渊是个独立的女子，有自己的工作，在电台讲新闻，每天一两个小时，换取不错的报酬。她不大与人交往，亲情淡薄，对张爱玲却不错。张爱玲年轻时与她有过一段时间相处，后来，张爱玲去了国外，两个人便失去联系。但在张茂渊年纪大的时候，有一次还托人打听过张爱玲，心里还是有记挂的。可见她和张爱玲一样，都是不善表达的。

时光退回到张茂渊二十五岁那年，在开往英国的轮船上，她与二十六岁的英俊才子李开弟相遇。漫长的旅途两人把该说的话都说了，便忘不掉彼此。无奈李开弟已有婚约在身，只能分手作别。后来，他结婚，据说夫妻也恩爱，但和张茂渊一直没断过联系，张茂渊没有任何身份地等待着，直到李开弟的老伴去世，七十八岁的张茂渊才做了李开弟的新娘。

另外一个版本是，两人依旧是一见钟情，可是李开弟因为张茂渊是李鸿章的外孙女而拒绝了她的爱情，但在后来的相处中，发现张茂渊并没有因家族问题，而产生错误的人生观，便也在内心认可了她，可这时，他已经结婚了。

无论是哪个版本的故事，张茂渊此后再无情史，等待了李开弟足足五十年，都是有证可循的事实。在这两个故事的版本中，我还是坚持第一个版本,不但因为它更具逻辑性,也因为它更美好。因为以张家姑侄的性格,恐怕不会像傲慢与偏见一样,轻易原谅一个误会自己的人。

可是,我们仍有疑问,在张爱玲的笔下,张茂渊是冷的,没有爱情的描述,但是亲情却是更冷淡的。对于哥哥她不屑一顾到极点,她不喜欢张爱玲的弟弟张子静,在吃饭时竟然见面也不会留他吃饭。张爱玲说有一回在阳台上被撞破腿,告诉姑姑,想得到安慰,不想姑姑看了她的腿无甚大碍后,更关心的是阳台的玻璃,于是张爱玲得赶紧去配玻璃。

可就是这样一个姑姑,却实实在在是个痴情的女人。后来的很多事情还是都证明了,张茂渊一直对张爱玲不错,用公文纸给张爱玲写信,在张爱玲去香港读书时,她又托李开弟在香港做张爱玲的监护人。张爱玲到国外后,与姑姑断了联系,也没有想过再寻找。倒是张茂渊在晚年,很思念张爱玲,托人打听过张爱玲的下落。

从这些点点滴滴,拼凑出的关于张茂渊的碎片,与张爱玲笔下的姑姑是不同的。张茂渊心底还是很热的。在"文革"时,李开弟受迫害,身体不好,张茂渊曾去农场帮他干过活。张茂渊与李开弟从未断过联系。在这场五十年的等待里,张茂渊的付出一直比李开弟多。

船上一别,不管何种原因,李开弟继续过着自己的生活,结婚生子,而张茂渊却一直等待着。城市的灯火依旧亮着,不曾歇息过,霓虹灯闪烁出了她的孤单。一个人在这样的夜晚徘徊于城市的大街小巷，除了身后拖着的那道长长的影子，没有什么东西与她做伴。其实很寂寞，其实很难受，看着别人都成双成对牵着手一起散步，孤单的心怎能不泛起一丝波澜，可是为了那个人，那个愿意用一生的时间去等待的人，孤单又算得上什么。

这场五十年的等待值不值？无从想象，在李开弟娶到七十八岁的张茂渊，看到她沧桑的容颜时，有何感想？会不会觉得有些残忍呢？李开弟到底真爱过张茂渊吗？如果真的相爱，为何不在年轻时争取在一起？那时年华正好，就像沈从文诗里所言，在最美的年华，遇见一个最值得爱的人。即便求之不得，亦不会退而求其次。

另一个关于等待的故事，是王宝钏和薛平贵。

其实这个故事已经记不太清，历史更是无从考证，故事的开始应该也是一见钟情。在薛平贵当兵走后，王宝钏独守寒窑，苦苦等待情郎，一等就是十八年。当两人再次重逢的时候，其实王宝钏的年纪应该并不算大，和七十八岁出嫁的张茂渊比起来，王宝钏应该只是 30 到 40 岁之间，女人美丽的又一个高峰，可是始终是不能和二八年华媲美的。

这十八年，对王宝钏献媚或者不怀好意的男人应该不在少数，而王宝钏对于爱应该也不是完全没有渴求，对于异性也不是完全没有好感。只是为了那个人，甘愿将一切都埋藏在心里，甘愿在别人的嘲笑中一个人孤独地度过。因为她相信，自己放弃一切，甘心付出那么多的时间去等待，去承受孤独与寂寞的折磨，终会等到那个人感动，终有一天会得到幸福。经得起沧海桑田的爱，经得起千击万磨的爱，一生都会不离不弃，这样的付出换来的爱才是永恒，才是真正的天荒地老，真正的海枯石烂。可惜，这一切最后都沦为王宝钏的一厢情愿。

十八年的等待王宝钏算是守得云开了，却未必见得月明，因为薛平贵的身边已经人面桃花改了。我们都难以想象在那样一个年代，一个女人在寒窑中是如何度过的，她肯定没有闺蜜或者蓝颜相伴解闷，肯定没有一番属于自己的事业，她唯一能做的只有等待。可是，当她得知自己心心念念的心上人并没有像自己一样等待的那一刻，我们完全可以想象。我很想为王宝钏点上一支烟，让她用力地吸上几口，让烟雾迷漫她的视线，让泛黄的月光照射出她的落寞，望着地上的独影，苦笑一声。除了手中那支香烟，还有谁能体会颤抖的双唇？除了这凄凉的夜，还有什么可以掩藏她的孤单？世人面前，几千年来她都被渲染成了女德的典范，相比于张茂渊的等待，王宝钏还有更长的时间可以和男人一起走，可是这种三人成群的生活，之于王宝钏或许还抵不过独自等待。

每个女人都至少有过等一个男人的经历，可并不是所有的爱情都值得等待。等待要像刘若英的《我等你》，半年为期，逾期就狠狠忘记。因为就像张爱玲所说，于千万人之中，遇见你所要遇见的人，于千万年之中，时间的无涯的荒野里，没有早一步，也没有晚一步，刚巧赶上了，没有别的话可说，唯有轻轻地问一声："哦，你也在这里？"

人生，其实没有多少刚刚好，更多的爱情都需要等待，并且禁得起等待。可是这种等待，我更希望是张茂渊式的，其实在等待的过程中，她未必知道五十年后能够真的成为李开弟的新娘，或者也从未想过，她只是爱了，因为爱了，便不再愿意去爱别的人，宁愿等待。不怕别人的嘲笑，因为她始终相信爱情是无罪的，即便等不到，她也不愿谁来取代，难道爱情非要两个人在一起？

可是王宝钏等待的却又是另一种境界。作为千百年来女德的一个典范，我们不能说王宝钏是个傻姑娘，可是不难想象，王宝钏在等待的过程中有过多少次恨不相逢未嫁时的遗憾，又有过多少对未来等待的怀疑。十八年，她用女人最美好的华年去印证一个千古不变的真理。她的等待想必是无奈的，她的接受想必是无奈的，她接下来别人眼中的幸福，显然也是无奈的。

如果时间能够穿越，让王宝钏和张茂渊的生活调换，如果王宝钏不是那么早地嫁给薛平贵，是不是这个故事早就变成了祝英台，不是每一段婚姻都必须经历时间的打磨，但是爱情必须经过时间的浸泡，才来得纯粹。我并不是要所有的你一等五十年，去问询自己的心，也不是诅咒你草草结婚后一定会独守空房或者被人插足，我只是想让你明白，单身是一种美丽，等待是一种力量。如果你喜欢的那个人还没有出现，你完全不必为了迎合而降低标准；如果你还没跟喜欢的人表白，也完全不必为了达成爱情而非说不可；如果你喜欢的人已经名草有主，你也完全不必灰心丧气地寻找替代品，说邪恶的话，谁知道，他们哪天会分手？说句负责任的话，心里有一个人，身边有一个人，才是真的邪恶。

所以你看，等待，是要你坚定地知道自己的心，什么时候在一直爱，什么时候已经不爱了，有一种等待，不在乎自己会错过多少人，因为他们只喜欢那一个人，因为他们只为那一个人等待；有一种等待，不担心自己用了多少时间，付出了多少努力，因为他们知道那个人总有一天会答应自己，然后和自己一起白头偕老；等待，并不是没有人喜欢，没有人要。只是为了那个人，他们不愿意去采摘路边那向他们招手的花朵，不愿意用不确定的爱来结束自己的单身，他们一直努力地等待着那个人和真爱，不在乎别人是否知道，不在乎别人是否理解，他们只想靠自己的付出走到目的地，然后摘下那朵一直开在心里的真爱之花。

真正的爱，从来无关热闹，无关盲从，无关别人的目光，直到他出现的那一刻，不管何时何地，那时的你都是最美的。

你若不勇敢，谁替你坚强

　　最近很喜欢一首老歌《雾里看花》，不是那英那个版本，还没有那么老，是容祖儿的，容祖儿越来越漂亮了，越来越懂得感情了，这首歌尤其会给那些在爱情中犹豫摇摆的人坚定信心。"有人心疼说我委屈了点，也有人笑我一定是瞎了眼，但爱不爱你是我自己的人生，我管别人能不能了解；你有哪些不好早就察觉，但那又怎样，难道我就完美，我要的是你让我着迷的那些，其他我都能视而不见；睁着眼睛亲吻哪能沉醉，爱像雾里看花朦胧才美，不够盲目就不能沦陷，理智在爱情里面从来就不是关键，睁着眼睛拥抱能感动谁，爱要雾里看花才更真切，不够愚昧就没得回味，曾经在爱情里面获得有多么热烈……"最喜欢的是那句"你有哪些不好早就察觉，但那又怎样，难道我就完美"，当一个女人歪着脑袋，倾注自己的所有去仰慕一个男人，不是真的失去了理智和判断，而是心里明知有一万个不好，只为这一刻窝心的爱语，就可以奋不顾身。

　　可是，不爱了呢？想到我们当年苦苦追求的完美是有多傻多天真？是咬碎了牙也不想承认自己被欺骗了，自己被伤害了，是想用时间去让伤口慢慢愈合。可是，看过《动物世界》的人都知道，每当海象、海豹等海洋哺乳动物争斗受伤后，就会反复跳进海里，用海水洗涤伤口，以防止伤口感染发炎。陆地的百兽之王狮子在争夺王位失败后，便会独自离开，找地方躲起来，找含盐的水或植物来擦拭伤口，既治疗身体上的伤口，又让受到创伤的心灵得到净化。

人作为大千世界的主宰，当然用不着像动物一样治疗创伤。但人类的心理承受能力却比动物脆弱得多，特别是当人们在爱情上失意时，往往不会像动物一样，在伤口上撒上具有强烈刺激的盐，来抚平痛苦，反思自己，以便更好地寻找新的爱情，而是采取极端措施，不是自杀就是报复别人。同动物界相比，人类是多么渺小和悲哀。

有人说过，刺激植物快速增长的最好办法是在其根部砍上一刀，再撒点盐。我办公室的后院有几棵丁香树，我试着将两棵丁香树的根部砍伤，在一棵树根上撒上盐，一棵树根上撒上糖。时间是验证对错的最好的裁判。一段时间后，撒盐的树根不仅伤口愈合了，而且树也疯长了很多，花开得很旺盛；而撒糖的那棵树，受伤的那条树根溃烂了，那棵树也变得萎靡不振了。

沙漠中的野骆驼，一旦求偶失败，便去饮盐河的水，然后便翘首嘶叫，奋力跑向远方。爱情的伤口，真的需要的不是糖水，就是那一把盐，让我们敢于直面真的爱情，勇敢站着，不要因为一次被辜负，而将爱情和自己打入冷宫。勇敢爱，就要勇敢揭穿爱的伤疤。

结束也是开始

男人们一定觉得世界上最不公平的事情就是"男女平等"，女人们在学习、工作、当家做主上总是想和男人平起平坐，可是一遇到感情问题，再强势的女人也总会被人看成是弱者，甭管谁的错，爱情破裂了，女人总是一副我见犹怜，男人们就总是负心汉，公平吗？当然不公平，那不是因为女人天生矫情会演戏，而是男人们天生就不了解女人。比如，女人从来不是胆小的动物，女人一尖叫老鼠都疯掉，女人胆子小吗？她们不害怕失业更不害怕失恋，她们最终过不去的那道坎儿只是叫孤单，因为女人是惯性思维的动物，你对她好，她就对你更好，你若不离，她就不弃，突然有一天你离开了，她梨花带雨，是为你，但是更多的是因为自己习惯了的生活即将要改变了。

就是因为女人的这份懒惰，你会惊讶为什么有很多女人明明在遭受家庭的暴力，都不肯离婚，为什么身边的那个男人在外人看来满身恶习，可是她还要抓得那么紧，为什么那个穷小子每次只能在别人送玫瑰花的时候送一支棉花糖，她还要拒绝那个开宝马接她下班的小伙子……那些在外人看来不可思议的、好笑的、不般配的，其实对于女人来说只是不想经历改变，不想用不知道的未来来赌一个习惯的生活。那么就真的不改变了吗？答案是不可以。

因为，你在一开始的测试中就输掉了你自己，你不了解你自己，男人不了解女人，女人也未必了解自己。女人真的喜欢习惯性的生活，懒得改变吗？你见过几个女人连续两天穿同样的衣服？你见过几个女人只用一种品牌的化妆品？你见过几个女人只喜欢在同一家餐厅吃饭？没有，女人能接受改变，也喜欢改变，可是唯独遇到了感情，就不愿意改变。可能你会说，我没有勇气，可是我想告诉你，姑娘，这件事真的和勇气无关，她关乎你的情商和幸福。

感情有时候是很奇妙，为什么越是给我们带来伤害的人，越让我们爱得更深，可是这并不是真的幸福。年轻时，谁都太傻太天真过，可是你不会包容一个带给你伤害的人，各种伤害。一辈子，和一辈子比起来，短暂的孤单，打回原形，都算不得什么，你应该从心底里庆幸，你因为主动结束了一段感情，而能开始一段新的了，你又恢复了可以自由选择的身份了。

扔掉烂苹果，才能找回苹果的新鲜

我有一个女朋友，是那种性格极其倔强的。当初很多人追求她，她都无动于衷，后来就因为一个搞动漫设计的臭小子给做了一个讲述她的动漫短片，她就被打动了，当时很多人都不看好他们，她却是铁了心臣服在这个动漫小子脚下了，那眼里，写满了崇拜。那小子呢，开始一天 8 小时挂在网上搞工作，后来晚上回家还要加班 8 小时挂在网上打游戏，说是找灵感。他们的接触越来越少，女朋友有男朋友等于没有男朋友，整日和我们混在一起，每每劝她这样的男人不要也罢，她依旧逃不掉那一脸傻样：他说要做一个以我们故事为背景的动漫作品纪念我们的爱情，他是在找灵感。

我当时就忍不住想揭穿，姐姐，以你们的故事为背景，你们有故事吗？你们有时间故事吗？其实，我这个女朋友很聪明，也很漂亮，她并不是不知道这样的爱情，已经算不上爱情了，可是她接受不了的是她顶着所有人说不般配的压力和他走到一起，就这么轻易地被大家说中了——他们真是不合适，她更没办法接受她当时看中的优点其实就是他最大的缺点：第一，这个男人除了会做动漫，什么都不会。第二，也是让女朋友在两年之后提出分手的原因，男人给另外的一个女人也做了一个动漫故事，竟然和她的一样。

其实，她原本可以早点抽身。在她分手的很长一段时间内，我发现她的情商和智商都下降了很多，因为她几乎失去了爱的能力，尤其是甄辨爱情的能力，因为她捧着个烂苹果已经啃太久了，已经忘记了苹果原来的味道了。

不光亚当和夏娃，适龄男女都想吃苹果，可是你却被分到手一个烂苹果，看着别人吃着香甜的苹果，自己搂着一个烂苹果暗自伤心。我知道你非常想吃水果，可是烂苹果能吃吗？吃了不但没有苹果的口感，而且还可能会引起食物中毒。

与其抱着一个不能吃的烂苹果，还要在内心承受着吃不到好苹果的落差，那为什么不扔掉烂苹果呢？

不舍得扔掉手中拥有的烂苹果，是因为那个好死不如赖活着的理论，这个理论用在生与死之间如何定论我不知道，但是如果将这个理论用在感情领域，那你的痛苦将无以复加。

大不了从头再来，不只男人会这样豪爽，女人其实也丝毫不逊色。只有当你真正把手中的烂苹果扔掉的时候，你的内心才有承载新苹果的可能，而你也才能像春晓一样真正体会到，曾经的辉煌和光鲜，其实又悄悄地回来了。

你该看清的二货排行榜

说来说去，勇敢地在爱情的伤口上撒盐就是要勇敢地分手吗？那我如果被男人甩了怎么办？别着急，问题一个一个地来。

第一个问题的答案：不是。因为你还可能遇到你提出的第二个问题。如果男人把你甩了，你哭哭啼啼地找到闺蜜，鼻涕一把泪一把，一口一个混蛋地骂，我想说，你未免太轻视自己，和混蛋共处，你也和混蛋差不了多少吧？当然你还可以纠集一群小伙伴，砸他玻璃，扎他车胎，凭什么不要我了啊？就凭你现在这副德行，他庆幸早离开。那么进入第三种模式，自我封闭，化悲痛为食量，自我折磨。要是真恨，我劝你在心里画个圈圈诅咒他，折磨别人总好过折磨自己。

被人甩了到底该怎么办？首先，哭，你是正常的女人，在失恋之后，当然要大哭一场，发泄一下自己的情绪，但要适可而止，然后呢，去血拼，安慰一下自己，再然后，化个漂亮的妆，把小伙伴们约出来，告诉她们，可以给我介绍男朋友了，是不是很开心。你还能再没心没肺点吗。在这之前，你至少要让自己上一次死得明白点，下一次才能活得开心啊。

再卑劣的男人在爱情中应该也给你带来过快乐，哪怕一丝，否则你就是在彻头彻尾地承认自己的愚蠢。也别骂男人没良心，他不值得你用他的错误展示自己的低智商、小胸襟，过去的不能就此过去，你要铭记的不是他带给你的伤害，他的卑劣，他的无耻，而是妈妈告诉我们的话：吃一堑要长一智。

我依旧希望在这里给到你一个空白的页码，把你的故事写下来。

一开始，他对我很好，事事对我百依百顺，直到有一次，我学了全智贤做了野蛮女友，在大街上打了他一个耳光，虽然当时我们是开玩笑，可是在别人诧异的目光下，他还是先离开了，从那以后，他就变了……

我能感觉出来，他就快跟我求婚了，可是有一天，我俩在街上走，两个小孩子把我撞到了，我说我最讨厌小孩子了，不知道为什么还会有那么多人要生孩子，又疼，又难养，又调皮，又讨厌，二人世界多好啊，没想到第二天，他就和我分手了……

我知道，我工作是很忙，可是我努力工作还不是为了以后我们两个人能有更好的生活，谁知道，他不但不领情，有一次，我回家，竟然发现他和隔壁新搬来的女孩在滚床单……

我对他那么好，我帮他洗衣服，洗袜子，甚至洗内裤，每天早上不管多困，我都会起床为他做饭；晚上不管多累，我都陪他打游；他出去喝酒，我就在家等他回来才睡觉；他过生日我送他最好的礼物，可是他却越来越过分，竟然嫌弃我把他的白衬衣洗花了，觉得我每天早上都叫他起来吃饭，好困啊，更过分的是，他竟然连我的生日都忘了……

看懂了吗姑娘，肯定有人像我说的这样，分手的爱情各有各的不同，但是相同的是，爱情都是一个巴掌拍不响，不管你们因为什么分手，我希望你写下来之后，像读别人故事一样重新审视一下你们的爱，别再纠结他的问题，从今以后他是死是活，是好是坏都和你没有关系。而你，还要拥有更好的生活呢。所以，请忍住痛，别为了一时之快，把问题和责任都推到男人身上，是你，参与造就了他的混蛋之路，现在就勇敢地把自己犯过的二都找出来，是因为你的野蛮，让他没有面子；是你们的生活观念不同，导致你们无法继续；是你没尽到做女朋友的义务，给了别人可乘之机；是你一直太惯着他，让他不懂得珍惜……治愈爱情的方式，不是用唾沫淹死前任，而是直面自己在感情中犯下的错误。

滴盐水要稳准狠

在伤口上滴上几滴盐水，是杀毒的最好方式，可是疼痛指数并不是所有人都能承受，在作出这样的决定之前，也要给自己做一个体检，看看你的体质是否能够承受，告别过往，把感情清零，在作出这样清零的决定之前，女人们会表现得或者纠结不堪或者自责不已，但走过去，就算不是海阔天空，也至少豁然开朗。人最大的不愉快不是来自于别人，而是和自己较劲。这样说，并不是要鼓励那些没有主见、心智不定、操之过急的女人们马上就来一次人生变革，滴盐水也是需要技术的。

第一要有一双火眼金睛。凡是看过《西游记》的人，都对孙悟空的那双火眼金睛念念不忘，我们这里所说的火眼金睛，其实是对女人们透过现象看本质的一种总结。能拨开情感中的种种迷雾，明白背后真实的故事，才可以作出决定。第二要有一双铁砂掌。这双铁砂掌要足够有力，能够打碎一切，还要足够坚强，因为要重新组合新的生活。第三要有金刚钻。这金刚钻，不是为了招揽瓷器活儿，而是要把男人那颗油盐不进的心，钻出几个曲径通幽的洞。爱情不需要手段，但是爱情需要智慧。不是你所有的真诚都能够换回真诚，以其人之道还治其人之身，对男人，有时候还是挺适用的。

有些爱情，需要第三者

　　爱情是两个人的事，NO，爱情是最不简单的事，它甚至不能完全由两个人做主。爱情是三个人的事？NO，远不止，爱情是两个家庭的事，两个谈不上对立却各自为营的两个群体的事。

　　如果你以为，我是真的让你去找一个第三者插足到你的爱情中，那肯定你疯了，才会以为我疯了，爱情再不简单，终究是白私的，容不得太多的外来者，可是想单靠两个人就巩固住一段感情，又是和自然科学相背离的，众所周知，三角形才是最稳定的结构。如果你没有足够的心思给你们的爱情之间找到一个"第三者"来平衡关系，那么你就是在给你们的第三者留下足够的空间。

　　不能让真的第三者出现，那谁才是合适的第三者呢？首选是你的婆婆或准婆婆。儿媳妇和婆婆是天生的情敌，那是脑残的过期说法，幸福的婚姻都一样，不幸的婚姻各有各的"恶"婆婆啊！

　　干吗要和你的婆婆作对呢？她爱你的老公远胜过你，她帮你分担这个家里你作为妻子应该做的大部分家务，她表面上拿走你老公的钱包里一半的钱，却最终会将毕生的财富都留给你。婆婆是你在婚姻这个战壕中唯一忠实的女性伴侣，你永远不必担心她真的抢走你的男人，就算她嫉妒你们的甜蜜总想搞点小动作，也要给予足够的同情和理解嘛，毕竟人家已经将操劳半生养大的男人拱手相让了啊。

当第三者出现的时候，只要你含泪扑到婆婆怀里，一五一十地诉说委屈，婆婆会毫不犹豫地冲到你男人面前，一个耳光扇醒他，要么离开那个狐狸精，要么别认她这个妈，非得铁石心肠连妈都不要，这样的男人劝你不要也罢。怎么算，和婆婆好好相处，把她拉进你的铁三角，总是一笔划算的买卖。

还可以拉进你老公哥们儿的女人，男友同理，记住不是你老公的好朋友，男人永远站在男人那一头，除非他对你想入非非。

你以为你搞定了老公的男朋友，他们除了当着你的面，大夸特夸你就真的把你的地位哄抬到超过哥们儿的地位吗？错，他们会一起喝酒、泡吧、洗澡、泡妞……出了事彼此做挡箭牌，堪比出生入死，这样的关系怎能轻易撼动。可是如果你搞定了你男人哥们儿的女人，那情形就完全不同了。

其实男人和女人一样，都是藏不住秘密的，可是如果他知道了哥们儿的秘密，怎么办，不能大嘴巴，那是要被哥们儿诛九族的哦，唯一可以告诉的活着的人，就是自己的女人，而且他会说得大义凛然，说得对哥们儿的出轨行为有多鄙视，一边说自己还要一边表决心，显得醉翁之意不在酒，又一扫心中的憋闷，其乐融融。

如果你真赶上最紧的嘴套不出话来，只要你和她保持着秘密的统一战线，男人们也很难串口，一个女人是臭皮匠，三个女人就是诸葛亮，男人的智商尤其是犯了错的男人的智商，是完全无法凌驾于别人之上的。

蓝颜，不得不又说到这个人，倒霉的蓝颜，就是你可以和他分享、分担生活中的有些秘密，却永远不会一起上床，又不想他和别的女人上床的男人。首先他要是个男人，这个角色绝对不是闺蜜可以取代的，闺蜜只会有一天取代你在三角形的那一边。蓝颜知己，你们之间的感情比爱情要淡，比友情要深，比第三者要清白。他是你的朋友却不是你的情人，他是你的闺蜜却不会让你有提防女闺蜜那样的担心，你们之间没有肉体关系却有胜似肉体关系的情感。说得这么肉麻就是想告诉你，他可以是一个回收站，收购你所有可能在男朋友面前展现出来的坏毛病，如果你的蓝颜告诉你，挺好的，你吃饭剔牙的动作帅呆了，拜托把他踢走，他不是蓝颜，是损友，明白吗？当你出现可能会引起男人不适感的表现时，蓝颜是你的警钟；当你想了解男人为什么突然沉默的时候，他就是一面镜子，清晰地告诉你答案。总之，蓝颜就是你掌握男人的百科全书，但是，藏好他。

第三者，也未必是活的，要想掌握男人，就要真的试着去了解男人，你要明白男人为何嗜酒如命，他也知道第二天头昏脑涨爬不起床的那一刻有多难受，可是在酒精的作用下天旋地转，唯我独尊的感觉，却极大满足了男人以自我为中心的无聊自尊——我一喝多，地球都为我加快转动；你还要了解为何男人会坐在电脑前十几个小时打游戏，不是假借游戏之名和同盟的哪个女孩调情，是他被客户撅得嘎嘎响，还要被老板喷狗血，只有在游戏世界里当英雄，骨子里男人永远是长不大的彼得潘，虽然这么说他们高攀了；你还要试着理解，为什么难得碰到一个休息日，他非得要背上单反，早上 4 点钟起床去拍太阳，太阳不就在那，你拍或不拍，非得牺牲你想要小缠绵一下的浪漫吗……

　　你不理解男人的地方还有很多，你能选择的是第一去理解，第二不理解，但不理会；第三不理解，但是去阻止。我希望你能迅速地对答案表示出强力的兴趣，是真的兴趣，试着去走进男人的世界。别说空间产生美，空间很美，你们却会很不美，找一个和他一样的积极向上的兴趣爱好，这有点像《同桌的你》两人开好了房互相鼓励着考四级，你们可以多一些时间待在一起，又可以一起丰富生活的乐趣，减少吵架的概率。选择答案二的，我希望你已经有了之前那个三个"边"，不然你真的要替你们的未来担忧了，因为要不了多久你就会沦为三，抱怨你的男朋友……就是没有时间陪你，疯狂阻止他去……最终他转身离开，对不起，我爱你，但是我也爱……

　　这不是电影桥段，这是生活，姑娘，谁都不会爱你爱到放弃所有，如果你有一个痴迷于某种生活的男友，只要是健康的，试着和他一起去喜欢它，如果你和他还都没用，不妨一起开发一个，当成两个人的一个梦想，除了爱情，你们有了更高层次的精神共通。

第三章

姑娘，你不爱他，你只是不再爱寂寞

你爱他吗？你当初怎么会爱他？对不起，我不是想要八卦地问你，我只是在模仿你，或许你并不止一次地反问过自己吧？甚至恨不得要念念地咒骂，当初真是瞎了眼，早就该听我妈的。谁的青春不曾后悔？不同的是，有些事情在你后悔之后，是吃一堑长一智，有些事情只能用四个字来形容——抱恨终身。

　　我想说，姑娘，当你觉得，那个人就是你要的，你非他不嫁，今生不悔的时候，请相信，你可能并不爱他。他只是在对的时间里出现的随便的路人甲。你太多用心，他就成了钉在你心里的一枚钉子，拔出来，血流不止；钉下去，痛彻心扉。

　　王文华在他的散文《好男人都死到哪去了？》里曾这样写道：你身旁一定也有这样的"好女人"：二十五到三十五不等，保养做得满分。没有男朋友不是因为不漂亮，稍微打扮不会输给萧蔷。她们有不错的学历，上班时间在 Messenger 但还是有责任感……她们有一群同病相怜的同性朋友，星期四的晚上一起看《欲望城市》……她们都算过命、伤过心、相过亲，被老妈逼得很紧。这样的好女人有一个共同的感慨，那就是，好男人究竟在哪里？

　　好男人都去哪了，没有比这更无解的题了。如果说男人把人类分为男人、女人和女博士，那么女人是把人类分为女人、男人、好男人。好男人和男人本来就不是同一种人，我的很多女朋友甚至怀疑他们已经回到了火星，因为好男人是本来就不属于地球的都教授。

　　好男人都成了别人的老公了，相见恨晚，所以女人拼抢着，即便沦为小三，也要把握住好男人，一夜风流也不枉然，可是一个随便爱，随便和女人滚床单的男人好得依旧很有限。

　　好男人都被落在上一站了？你为了追赶天边的风筝，轻易地放下来手里的陀螺，当风筝飞得无影无踪了，才发现那不羁的风筝根本就是没有线的，要怎么追？只有陀螺才会围着你转，可惜晚了，在你撒手的时候，早就有人把他领回家了。

好男人还在路上，他不来，你不老吗，等下去，一定会等到一个好男人。等你等到天荒地老、海枯石烂的那天，千万别说，是我教坏了你，因为好男人等不到，好男人是要你去发现和驯服的。

找到好男人的第一个重要因素就是别让自己成为怨妇，男人能在一公里之外就嗅出抱怨的味道，并马上往相反的方向逃跑。你会抱怨好男人都死哪去了，男人也在问，好女人都哪去了？

到底好男人哪去了，是被隔壁的二大妈不小心剁成了番茄酱吗？没错，二大妈用青春换来血的教训是好男人原来就在身边，当初真是瞎了我的狗眼，才发现，青春已不再，恨不能追忆似水年华，只能熬一锅你中有我，我中有你。

其实，好男人就在我们的身边，他们从女人手里一手倒一手，终于从男人进化成了好男人，可是却像被穿上了隐身衣，淹没在了人群中，让世界只剩下了男人和女人。女人想找到好男人，男人也想找到好男人，恨不得一拳 KO。好男人之所以藏得这么深，是因为他的隐身衣不是穿在身上，而是穿在了女人的眼睛上。每个女人心目中都有一个好男人的标准，可是还记得柏拉图的故事吗？这个世界上永远没有最好，你甚至无法回头，爱情不是赌大运，但是的确不会给你比较的机会。不要指望在一个男人身上得到一切！你不可能要梁朝伟的面孔，还要姚明的身高，你不可能要李嘉诚的财富还要吴彦祖的年纪，就像上厕所不能一次坐在两个马桶上一样。

什么东西能吃能喝又能坐？答案是面包、汽水和沙发。什么东西长得帅不会老又有钱，答案是银行新型设计的提款机。你要一个男人，不等你开口就知道你要什么；你要一个男人，你打电话他就一定要第一时间站出来陪你玩；你要一个男人，可以拉风地包下整个广场跟你跳舞；你要一个男人，打不还手，骂不还口，还得笑脸相迎把钱包拱手奉上……你要的不是机器猫就是孙悟空，恰巧他们俩都算男性。

其实，当今社会男人已经活得前所未有地累了，他要负责赚钱养家，还得负责女人貌美如花，他要赢得世界，还得赢得女人心。生理决定男人天生就晚熟，又比女人要命短，能思维清晰地和女人交流的时间掐头去尾，没有几年，何必和他们那么较真呢，如果你能像容忍自己又买错了高跟鞋一样容忍男人的缺点，你会发现，很多男人是可爱的。再进一步，对他们多一些耐心和温柔，你会发现，哇！原来还是个好男人。

所以，说来说去，我不能告诉你好男人都哪去了，可以肯定的是，他们还活在地球上，如果你还没找到他，就先收起你的抱怨，就将自己包裹进一个令人开心、温暖和可爱的蚕茧中，静静地等待破茧而出。不要因为曾经遇到一个混蛋，就把所有男人打上标签；也不要因为自己等得太久，饥不择食；更不要自以为专家地对男人评头论足，换一个视角，你会发现好男人就在三步之外。

女人分两种：追男人的和被男人追的

慢下来，是女人最优雅的姿态。在我还不懂得这句话的时候，其实就经历了这样一个活的故事。她是我大学时候的英语老师，我们私下里给她的评价是，讲课很有王菲唱歌的范儿。英语老师刚刚毕业，年华似锦，长发垂肩，迷死很多男生。坦白讲，她不是一个好老师，原因还在那句评价，老师优雅范儿全在课堂上，双目低垂，长发掩面，一边说着纯熟的英语，一边用兰花指轻撩长发，声音低慢得只够前两排的同学听到。可是大家还是喜欢她的课，她就是女生争相模仿的对象，更是男生心中的女神。小男生懵懂的情书铺天盖地。

长大了其实才懂了，这英语老师，其实就是猫女成精嘛！她举手投足间的魅力全在于对时间的掌控，她的节奏永远是比别人慢二分之一秒，比如那手指触碰到头发的时候，不是"刷"一下，将头发放在耳后，而是稍作停顿，手指也不是一下子就从耳后拿下来，而是顺着耳朵的弧线，慢慢下滑，这就是魅力。还有那眼神，在我的记忆中，大学四年，从未在她的目光中看到惊喜和兴奋，似乎全世界在她眼中都只有两个字——不屑。可偏偏越是这样，她自己就越发成了全世界追逐的对象，莫名的花束，常常堆满了她办公室的垃圾桶。这样的女人，你可以说她冷若冰霜，可是对于勾起男人心中的火焰，却是百分之二百的杀伤力。

这功力，是天生，也是修炼，狐狸千年都能成精呢，何况自恃天生丽质的你我。有两个天资聪慧的女同学，只学到了女老师的皮毛，竟然成了我们一干女同学中嫁得最好的。至今未嫁的女同学每每取经，得到的都是同样一条真理——男人啊，都是不识好歹，你一张热脸贴过去，迎来的都是冷屁股，你要冷下来一张脸，他恨不得一颗心都掏出来给你取暖。

其实，总结这三个女人的故事，无非都在告诉我们：女人只分两种，火急火燎去追男人的，慢条斯理等男人追的。

追男人的女人都相信幸福是靠争取的，她们积极进取，要把喜欢的东西抓在自己手中才有安全感，她们才不管喜欢的男人是谁是什么样呢，只要是自己喜欢的，干吗不去追？被男人追的女人往往是有些害羞的怯懦，不管年龄，说话时总难免会挂上一缕绯红。她们不是不敢也不是不想像大女人一样，去追求自己的幸福，只是稍一犹豫的时候，已经被男人追上门来。

听懂了吗？其实不管你现在的起点和质素，你要考虑的只是，你想做哪种女人？追男人的女战士，还是被男人追的女神？如果你还不明白，让大胆小姐的故事来告诉你吧。

年轻时，大胆小姐也是女神级的范儿，被很多男人追过，可是她最看不起那些为了爱情摇尾乞怜，在她面前求爱的男人，她在20岁生日的时候就许愿，可是这个愿望和其他女孩子的不一样，其他女孩子或许会说：希望我能遇到我的白马王子，可是大胆小姐的愿望是，让我能找到我的白马王子，把他追到手。

后来，她真的如愿，她遇到了王子，她努力去追，她追到了王子；可是最后他们都离她而去，大胆小姐并没有气馁，因为她是大胆小姐，在事业上，她是大刀阔斧的女汉子；在家里，她成了挑起大梁的主事人；在爱情上，她更不容许自己的骄傲在男人面前逊色。她一次次地和那些对她表示好感的男人擦肩而过，却依旧乐此不疲地走在追男人的路上，直到有一天，她发现身边的好姐妹几乎都结婚了，她们几乎从来都没有为爱情付出过，她们没为男人拿出私房钱去投资，她们没有为男人和别的女人对打，她们几乎都没送过男人礼物……凭什么，他们就对爱情坐享其成？她问我，她到底做错了什么。

其实，她什么都没有做错，错的是不该做。

现在要解答的是，为什么大胆小姐不该做，我们还是继续来听她的故事。第一个关于她的故事是，她曾经遇到一个男生，是她喜欢的类型，她奋不顾身只想把男人追到手，男人也被她所打动，后来才发现，男人竟然是有女朋友的。大胆小姐不甘示弱，为了争取爱情，完全忘记了自己第三者的身份，和人家的正牌女友正面交锋。终于，大胆小姐如愿以偿了，可是不久，她就发现，这个男人又被另外一个和她一样大胆的女人吸引了。

第二个故事，也是大胆小姐交往最长的一个，上大学的时候，大胆小姐就喜欢上了一个穷小子，全世界人都觉得他配不上她，可是她铁了心，为了能让他配得上她，她竟然把自己这几年的奖学金都拿出来，和男生一起在校园外开起了一个小店。男生有点天赋，这个小店救了他，并且从此一发不可收拾，事业逐渐壮大，大家都夸大胆小姐眼光够独。的确，大胆小姐一眼就能看穿男人眼神中的闪烁，果然，她捉奸在床。她打骂男人，你没良心，你没钱的时候是谁帮你，你有今天都是因为谁？你对得起我吗？都是因为你，男人抬起头，就是因为你，我才觉得在你面前抬不起头，甚至连亲热时都觉得自己低人一等……

大胆小姐追过的男人很多，故事也很多，只能再讲一个。这一个，是大胆小姐几乎结婚的一个。男人也很强势，大胆小姐算是过关斩将，秒杀情敌无数，脱颖而出，成为了男人的正牌女友。已经到了谈婚论嫁的地步了，可是男人突然提出分手，理由竟然是，大胆小姐在挑选婚戒的时候和男服务员大谈钻石的品级，还直夸他专业，就像当初她钦佩自己的 IT 才华一样。所以，他便过不去心里这道坎儿，总觉得，大胆小姐太大胆，太个性，会随时为了爱情再次奋不顾身。看着这样一个高大的男人对自己如此缺乏信心，大胆小姐欲哭无泪……

到底追求自己喜欢的人有错吗？没错。可是大胆小姐就是至今还单身一人，她可以例数出无数次她所经历的爱情，却始终和婚姻无缘。

这实在不是女人的错，要怪只能怪男人的构造太奇特。他们天生荷尔蒙分泌过剩，如果女人非得想用自己的雌性激素来战胜他们，那他们真的可以被战胜，最后那些血气方刚的汉子都被你同化成了伪娘，他们当然不会是女人想要的。可是那女人干吗非得要在男人面前表现自己爷们儿的一面呢？爱情不是一张八卦图，黑色白色平均分，爱情是一只沙漏，只有那么多的沙子，你在下面他就使劲挥霍，你要是占了上风，他也一定会在下面为你"兜着"。

大胆小姐不是做错了，她是压根就不需要去追男人。被男人追是女人享有的一种天赋。每个女人都是公主，男人天生都会臣服在她的脚下，女人可以甩一甩衣摆，不带走一个男人，也可以勾一勾手指，让他为你起身；每个女人都应该是男人的拇指姑娘，一看见就只想捧在手心里，就连大声说话，都怕惊坏了；每个女人都该是男人的睡美人，必须，只是他能吻能唤醒她和她的美丽，即便所有的王子和公主没有幸福地生活在一起，睡美人也会，因为他们彼此需要，彼此互为唯一，他们爱得轰轰烈烈，爱得不可替代。

女人就分这么两种，要么像大胆小姐一样，追男人，要么像女神一样等男人追。不是所有大胆追求爱情和男人的女人都会像大胆小姐一样屡屡遇人不淑，但是他们的爱总会给男人一种压迫感。就像是你爱情的俘虏，因为被追而臣服，这样的爱，本身并没有好坏之分，只是它足以让男人的自尊心得不到满足。像男人这种几乎是靠自尊心存活的生物，就像身上缺了一根肋骨一样，不爱会疼，爱了会更疼。

女人在男人面前只分这两种，要么是静若处子，我见犹怜，不追不行；要么就是动如脱兔，火辣热情，被追而无法拒绝。谁都无法否认女人对男人天生的吸引力，所以老人才告诉你，女追男隔层纱，一捅就破，所以女人很容易把自己喜欢的男人追到手，可是问题是之后呢？之后你就真的愿意在爱情中掌握主动权，你爱他一尺，等着他爱你一丈？NO！NO！NO！爱情中很大的乐趣，就是一场彼此猜测，彼此考验，彼此揪心裂肺的拉锯战，它要用时间去证明足够爱，要用时间去给你一张通行证。婚姻是放长线钓大鱼，如果你真想牢牢抓住爱情和婚姻，那么多拿出矜持，哪怕你心里已经想要嫁给他100遍了，也要按住自己的大腿，做个等待者。当他自以为在爱情中占有了主动权，驾驭了你们的爱情，告诉你，你才是真正的爱情主导者！

因为爱所以爱，如果爱请慢爱

心态篇

慢一点调整最佳的约会心态

心态是一种很缥缈的东西，但却是我们在约会中取胜的必需品。如果婚姻是女人和男人之间的一场永不落幕的战争，那么约会就是女人和男人重要的一次短兵相接。心态好不好，直接决定谁能掌握战争的走向。

首先，别把约会当成一次约会。如果对方约你在电影院见，那么就当作自己是去看场电影；如果对方约你公园见，就当是放松一下；如果对方约你在餐厅见，那就当成是吃一顿饭嘛。轻松点，自然点，别把它当成是一次事关你终身幸福的大事，心态平和了，落落大方的你也就自然展现出来了。不以成败论英雄，更不要给自己不成功便成仁的豪言。感情的事很难说好与坏，只有适合不适合。

其次，不要迷恋一见钟情。也许你第一次见到他就已经认定他了，可是拜托，好姐妹，是不是对自己太不负责任了，这么轻易就把自己归结为了外貌协会？一见钟情，你除了看到了他的皮毛，对他又会了解多少呢？但是如果你已经给了自己这样的暗示，那么无论他是不是还有一堆你根本接受不了不在考虑范围内的条件，你也会照单全收，等你回过神来的时候，很可能已经泥足深陷无法自拔了。

第三，别奢望你们的约会都是浪漫的，尤其是第一次约会。如果在第一次约会中就急着卖弄，那么他就是一只处于发情期的孔雀，你要小心，他正使出浑身解数在加速套牢你的步伐。男人一般都很现实，尤其是以婚姻为目的的男人，他们会更注重约会的功能性，所以，如果你赶上一场朴实的约会，心里要给这个男人多加一分。

约会只是万里长征的第一步，接下来要走的路还长着呢，在心理上轻视它，在战术上重视它，才能让自己在约会中立于不败之地，既不输面子又不输心态。

约会篇

慢一点，选好约会的时间和地点

地点

约会地点很重要。如果男人征求你的意见，首先要把这个机会让给男人。因为男人选择约会地点，一般会是自己熟悉的。那么通过他选择的约会场所，你就可以判断出他的经济实力、品位喜好。如果恰巧餐厅老板或者服务员和他也是混熟了的，那么你就得到福利了。

如果再三推辞他还是想把机会让给你，那么你也就大方地给出答案，你是一个独立的、有思想、有个性、不恨嫁的女人嘛！有些约会地点绝对是黑名单：

第一个就是公园。如果你们还不熟，恕我直言，我们的公园早已经是大爷大妈的秀场了，实在没什么风景，而且刚开始约会，总不能手牵着手，两个人低着头，有一搭没一搭地闲聊，实在够傻了。不要让你的选择暴露你的无知。不要去消费太高的地方，会让男人觉得你把他当凯子。就算真的想要在这个男人身上捞一笔，也要循序渐进，循循善诱，愿者上钩嘛。不要去快餐店约会，那里是中学生的恋爱圣地，你这把年纪就不要去装嫩了。也不要去KTV，除非你是好声音，否则没必要给别人一个减分的理由。

如果你们一起去吃饭，为了避免吃相毁了你，切记以下食物不能点：

烤肉 你精心挑选的约会新衣当晚必须被扔进洗衣机，甚至搞不好还需要专业除渍。且不说脸上一层油花，不翻动肉片，你的男人会忙碌不已。翻动肉片，你专业地眯起眼睛，歪着脑袋躲着炉灶，动作迅猛，不时吆喝两句，"烤肉熟了嘿！"对面的男人此刻一定从心底呐喊：二师兄，还是您老厉害！

海鲜 贝类还好，用筷子夹出贝肉。螃蟹呢？你想过那胜景吗？吃完了少不了要剔牙吧？吃少了，饿得慌，吃多了，吃过之后，你的面前有座小山哦！

骨头 风味酱骨头的味道的确不错——你戴上那副油腻腻的塑料

手套，张开虎口，再拿出一根吸管，用力地吸吮骨髓。那副壮景还是留给深爱你的父母来看吧。在男人眼中，这种动物式进食，无论如何都不能给你增加魅力。

烧烤　即便你的牙齿很白，也不需要通过吃肉串来显露。一嘴油花，捎带露出粉红色的牙床，何况牙缝上还有芝麻、孜然、椒粉……

有味道的一切食物　我相信你不会没品到约会的时候点青蒜，或者韭菜包。但是有时饭店的凉菜中，多少会有大蒜屑。除非你实在想吃大蒜，否则能回避的话，尽量回避吧。口香糖，救不了你啊！

时间　如果他打电话约你，你就急不可待地出门，或者让他在楼下等你三两个小时装扮就觉得自己胜券在握了，那么姑娘，你就太不讲究战术了啊。

约会时间第一谨记，即便是在周末也不要一大早就去约会。别以为经过一个晚上的休整你真的精神焕发了，你的头脑是清醒了，可是你的脸却肿得像刚剥了皮的鸭蛋——水肿。

晚上也不是约会的好时机，华灯初上，马上让人联想到纸醉金迷，如果你们不是熟到一定程度，最好避免在夜色熏染下的暧昧情绪。虽然你迷恋"越夜越美丽"，可是也别忘了，夜色会让你的感性战胜理性。

那么中午呢？当然也不行，上午有领导的批评，下午有客户的约见，难得一见却是心不在焉，到底是"亚历山大"，还是对着眼前的人食之无味？一个不留神，说错了话，想往回扯可就难了。而且见面只能吃，如果是夏天的话，早上辛苦装扮的妆容，瞬间就被汗水弄成花脸。吃完之后，顶着一脸的油花。脑满肠肥，思维也跟着慢下来。这可不是恋爱中的女神应该有的状态。

姑娘可能已经跟我急赤白脸了，好不容易交上个男朋友，到底还让不让人家约会了啊？让！但是沉住气，傍晚才是约会的最佳时机。夕阳微下，阳光打在脸上，红润光泽，每一眼都像是看到了美颜照片。傍晚约会，时间上也会更从容，避免晚高峰让你堵在路上尴尬，也避免了结束太晚的暧昧。如果感觉好，吃完饭再看个电影也是绰绰有余；感觉不好，也可以以不能回家太晚、爸妈等你回家吃饭、七大姑要来看你等信手拈来的理由提早结束约会。

装扮篇

慢一点，你不是动物园

服饰

你不是灰姑娘，所以没有人规定必须有华服美衣才能和喜欢的男人见面，浓妆艳抹的假面具也不能维系永远的魅力，约会中以什么取胜？答曰：智慧。

还记得我之前告诉过你的吗，无论你们多熟，都不要在约会中穿着太过暴露，即便你想成为性感尤物也要记得，性感不是穿得少。过早把肌肤裸露出来，穿着暴露，会把你们的关系引到别的轨道上去，毕竟男人都是下半身思考的动物。即便是相爱十年，也不要穿得邋里邋遢就去和他见面。据说，李敖和胡因梦离婚就是因为偶尔瞥见女方如厕时的丑态。虽然男人未必个个都如李敖一样堪称才子，视角独特，但是大体本性相投，他爱你可能追个十年八年，但是他不爱你了，可能仅仅就因为你的一个表情，一件衣服，在他面前彻底失去美感。不要穿得过于隆重，你会吓到他。即便他是一位绅士，也不希望自己的女友用随时准备走红毯的架势和自己约会。如果他只是一个平凡的男人，更会受宠若惊，倍感压力。说说你自己吧，姑娘，你担心上洗手间的时候踩到裙子跌倒吗？我很替你担心哦。

那么，我该穿什么？姑娘不要问我，问你自己。你最喜欢的，你最美丽的，你最舒服的。因为眼前和你约会的人是你真心喜欢并想与他共度一生的。你要跟着你的内心走，而不是靠伪装。但是要记得，姑娘，你要走得漂亮，走得精致。

首先，你要看场合，穿适合的衣服。穿对衣服是礼貌，也是品位。"贵族的聚会不需要乞丐，乞丐的聚会不需要皇族。"这是丹麦的一句俗语。在选择穿着和打扮上，要注意约会的场合，看下你男友在约会时会穿成什么样子，选择相近的风格，是一条捷径。当然如果你们穿衣的品位相差甚远，那估计你们的性格也合拍不到哪里。

第二，你可能有一百件衣服，你从决定去约会的那一刻就开始挨个试穿，可就是照着镜子左看右看，那么不完美，起码没有为自己的回头率加分。那么你就要别出心裁搞点花样出来，给自己增加一抹亮色，这样会很快吸引他朋友们的眼球。比如——你可以在 T 恤上涂一次鸦，或者再别上一枚徽章。当然，使用一款色调罕见，但不太招摇的眼影等也是王道。

如果你真不擅长搭配，那么就在色彩上花点心思。冷色调虽然很有气场，但是你不是去与客户谈判要在气势上先压倒对方，所以不适合约会。尽量选择一些暖色调，更给人一种平易近人、容易交往和沟通的感觉。所以，风格款式，可以从众，但是太空银、黑色等冷色调，还是尽量不要出场，免得对方把你当成冰山，怕你融化而对你冷置处理。

还有一点很重要，请你在约会时暂时让那些所谓的奢侈品牌和高大上休息一下，他们就像冰冷的武器，一下子把你从暖心的约会场景，拉到一场贫富交战的战场。没人喜欢装蒜的朋友破坏和谐的气氛。

约会一定要穿高跟鞋，拉伸你的曲线，万一晃动就会给男人扶你的机会，坡跟鞋是广场舞大妈的装备，松糕鞋是劲舞团的特产，统统不要放进你的衣橱。穿高跟鞋约会，最好是光脚，让足部皮肤直接与鞋子接触，走起路来，不会因为丝袜的光滑而左右摇摆，大失优雅，如果一定要选择丝袜，最好的搭配只有肉色和黑色，流行的彩色丝袜可不是你要尝试的花样了，它们只会让男人看见你的幼稚肤浅，也会让女人看出你这一身行头有多廉价。穿价廉的衣服并没有错，错在于男人会觉得，只用廉价的东西就能搞定你。

外面已经光鲜了，这个更重要，约会必须要穿对内衣。内衣也是衣服，但是必须要单独作为一个课题来研究。如果你们真的干柴烈火发现想进一步深度交往，激情燃烧，你突然想起出门的时候，自己穿了一件碎花文胸，粉色内裤，怎么办，把自己的品位无底线暴露，还是让欲望戛然而止，当然都可能让你错过一次艳遇。当然，这是个玩笑，不是我们所提倡的，但是想想如果你在约会的过程中突然因为肩带滑落，不自觉地要用手提拉你的罩杯……这些还不够囧吗？所以，亲爱的，答应我，永远别把自己推到进退维谷的绝境，永远不要让内衣毁了你的前程。

要记住的一点是，如果你希望穿上内衣之后具有诱惑力，那么一定要穿搭配成套的文胸和底裤，如果你想再性感诱惑一点，就去搭配一双吊带袜子；检查一下肩带，看看你是否愿意它们露出来。胸部较丰满的女性最好是设计搭配宽吊带的，否则长时间佩戴会使肩部产生不适感。

饰品

佩戴饰品是很容易出味的。你可能有自己一贯的风格，但是如果约会，亲爱的请听我的，把你金属的耳环、项链和手镯摘下来，把你的朋克铆钉都摘下去，把你24k金手镯、金项链也摘下去，把你4位数买的黑超也摘下去，把你觉得自拍最上镜的美瞳也摘下去，约会是个斗秀场没错，但是这里不是T台和剧院，别让你的装扮把你的性格一下子就写在脸上。

简单的饰品一件就能恰到好处，耳环、项链、戒指、手镯，最好选一样，最多两样，千万别把自己当成首饰架；昂贵的饰品、金表统统不要，男人会被你的炫富吓到。

丝巾和手袋都是不错的百搭单品。丝巾是百搭衣橱的渐变方法，也让男人找到"神仙姐姐"的感觉。手袋，绝对是女人身份的象征，其魔力足以令平凡的打扮变得时尚而有品位。手袋也是个性和审美情趣最富有张力的表现语言。手袋可以作为服饰的一种强有力的补充，服饰中的一些缺陷和不足，可在手袋中得以弥补。

女人最心机的配饰是香水，使用香水并非只是向男人献媚，吸引异性只不过是一个功能而已。对于多数女人而言，香水更是一种特殊的符号和标志。作为女人，不可不用，也千万不能选择那些廉价的香水品牌。高级香水的味道，可不是漫天要价的，经过专业的调香师千百次实验的结果，不是任何廉价产品所能匹敌的。

妆容

让青春吹动了你的长发，让它牵引你的梦。男人都喜欢一头长发随风飘散。虽然这个世界上有一种女人叫作李宇春，但是至今你可能也还没有听过她的绯闻。就连长头发的梅超风都多了几分女人味。如果也想像孙俪一样追求短发造型的时尚感，我想告诉你，她是两个孩子的妈了，结婚前，她也长头发。还有你头发的颜色，如果你真的不能接受自己的黑头发，那么就是最多男人们接受的棕色了，再花哨的头发不是挑染而是挑逗。

约会前的小技巧，一定要洗头，泛油光的头发不仅让男人倒胃口，连传菜的服务生都不想多看你一眼。如果你已经来不及把头发留起来了，可以试着去找个发型师，做一个盘发的造型，用优雅演示你一时糊涂留下的中性造型。

对于那些不会化妆的女子们，真的很遗憾，她们要么面色苍白，不作任何修饰，以为"素颜"是给她们的福利，要么正好相反，浓妆艳抹，显得俗不可耐。这两种做法都不会讨男人喜欢。如果你实在没有天赋，有一个最简单省钱的办法，去百货公司的化妆品专柜，请他们帮你试验彩妆的效果。

不过在这之前，请务必做好基础护肤，小雀斑是男人能够接受的极限了，他们勉强说服自己这是一个健康的热爱阳光的女生，笑起来有点皱纹可能是率真的表现，可是痘痘曝光太早，就要吓跑男生了！

越是接近自然肤色的粉底，约会越显得健康动人，千万别把自己做成刮大白，除非你能像迈克尔·杰克逊似的全身都刮白；精致的眼妆一个顶十个，如果你实在没有天赋化妆，那么必须要学会化个大眼妆。从面相学分析：眼睛稍大，眼珠黑白分明的女子，会让男人觉得天真、开朗，带孩子气。一根咖啡色眼线加睫毛膏足矣，千万不要用黑色眼线框住整个眼睛，因为你的目的是要迷死他而不是杀死他；腮红能够提升桃花运，不过玫红色、朱红色，可就会暴露你的真实年龄了，建议还是谨慎使用；水嫩双唇会让他很想靠近；一排洁白的皓齿更有吸引力，甚至能让他忽略你的平胸如板。

一句话便利贴

俗话说，只有懒女人没有丑女人，可是随着我认识的女人越来越多，我真替那些"丑"女人们喊冤，她们不是懒惰，也不是舍不得花时间在自己身上，而是她们读了、听了、看了太多规矩条框，彻底迷失了，于是误打误撞，没有一次成功。所以，如果姑娘你觉得自己的领悟力还不能"看山还是山"，那么这样吧，给你一些简单的小技巧，如果实在不能背熟就写成便利贴，放在化妆镜前，约会前看一看。

技巧 1

适度展示自身特点。比如腰细，腿长，或者本身是人间胸器。小小地突出一下，男人吗，对于有特色的女人都会更愿意多说几句的。

技巧 2

切记不要搞成金色眼睛，虎皮短裙，黑丝袜——那不是性感，也不是魅惑，加根钢管就是孙悟空。

技巧 3

浓妆不要，淡抹必须。要掌握一个火候，妆容整齐，又恰好让人不注意观察看不出太多的涂抹痕迹。太浓的妆容易让人反感，猜测你本尊可能惨不忍睹。浓烈的香水味会让人避之不及。而不化妆，你想把自己的缺点让他一览无余吗？

技巧 4

如果你改不掉自己的中性范儿，可以搭配女性化一些的举止。这不是悖论，而是女性化的装束更容易让男人敞开心扉，顾忌少上那么一些。

技巧5

如果你实在想偷懒，那么任何时候选择和他以情侣范儿的服饰出现。情侣范儿不是情侣档，印证你们情比金坚，看得多了你们也自然觉得彼此很和谐了。

一句话还这么麻烦，你的急脾气可能又上来了。拜托，对于女人来说，求职和爱情是不分轩轾的两件齐头并进的大事。况且如今不是说——做得好不如嫁得好吗。爱情和婚姻才是你终身的职业，克服困难，别怕麻烦，千万不要本末倒置哦。

语言篇
慢一点，学会约会中要说的话

你出口成章，你口若悬河，你和客户条理清晰，你对老板说得头头是道……可能这些都不能避免你在约会中找不到话题，表现失常。

约会中到底要说什么话才能吸引男人，不至冷场？蔡康永说得很对，"你说什么样的话，你就是什么样的人"。你是女人，首先要说女人该说的话。举例说明，如果你是淑女，就不要大爆粗口装豪爽。千万不要用滔滔不绝掩饰紧张。所谓言多必失，脱口把福尔摩斯说成杜蕾斯你就有好戏看了！

就算再没有话题也别讲冷笑话。有一只北极熊和一只企鹅在一起玩耍，企鹅把身上的毛一根一根拔了下来，拔完之后，对北极熊说："好冷哦！"北极熊听了，也把自己身上的毛一根一根拔了下来，转头对企鹅说："果然很冷！"

这种笑话，无论谁讲都感觉让人摸不着头脑，不知道讲来干嘛。除了让别人知道你的无知，还有什么？一个好笑话的确可以锦上添花，然而一个差劲的笑话，却可以彻底毁掉一个本来还算不错的气氛。男人讲笑话给女人，是为了逗女人开心。活跃气氛可不是你的职责。如果你们突然冷场了，不要试图用一个冷笑话救场，因为那只会冷上加冷。

不要像查户口般询问对方的收入、家庭状况或涉及其他隐私类话题。会让男人觉得你太操之过急。不要说点评性的话，你不知道你哪句有口无心正戳中了他的痛处。

约会到底说什么？

说男人感兴趣的话题，比如足球、汽车、游戏。如果这些恰巧你都不在行，没关系，所以要做足功课，随便在出发前浏览一下网页，看看今天的头条，抛出个砖头，打开他的话题，给他充分展示的机会，做一个真诚的倾听者，用崇拜的目光激发他的话语权，你既在聆听中了解他，又保持了自己的形象，两全其美。

聊聊他的事业和兴趣爱好。紧紧抓住他在某方面的一些闪光点去挖掘话题，你们一定会谈得热火朝天。比如话题可以是：你做什么工作的？你的工作一定很辛苦吧？我很难理解你的工作，和我说说好吗等话题。再比如他是一个金融男，不妨问问哪支股票正在看涨，不但能考验他的专业知识，万一被他言中，自己还能小赚一笔。或者和他聊聊《十二道锋味》和《舌尖上的中国》哪个更好看？那英和汪峰谁的学生能获得冠军，轻轻松松就把局面打开。即使一个再沉默寡言的人，只要与人谈起他的兴趣爱好，他也会口若悬河。

谈天气不如谈环境。环境氛围是一个动感变化、随意性较强而又具有丰富内涵的话题。它不是逢场作戏般的风花雪月、无病呻吟，而是通过抓取这种话题折射出一个人的思想观念、品德智慧、为人处世等方面的水平和品位。可以这样说，一个善于观察事物、分析问题、处理矛盾的人，只要把寻找话题的着眼点放在环境氛围上，话题就会取之不尽，用之不竭。比如：如果你们约会的地方有电视，你可以说：现在电视频道丰富了，反倒缺少了精彩的节目。你看这部电视剧吧，整个剧情打打闹闹，没有一点品位，也没有多少实际意义。然后邀请他发表一下看法。

如果对方抛给你的问题，真的完全不懂，没关系，话题卡住了，就换话题，千万不要恋战。我知道有些话题你起了个头，是希望问出一个结果，或是要告诉对方某件事，但卡住了就是卡住了，暂且丢开就不会手忙脚乱，有机会再绕回来就可以了。你看电影里的杀手，每次忽然发现手枪里的子弹卡住了，或者射完没子弹了，就会改用拳脚进攻，很少坚持拿着已经没有子弹的枪当武器去敲敌人的头。

如果你还是紧张得要命，那么出发前，背下这些问题，关键时刻总能派上用场：

①你今天的衣服搭配得很不错
②你觉得这里怎么样？
③你喜欢去什么地方玩？

④你会跳舞吗？

⑤你会做饭吗？

⑥你喜欢运动吗？

⑦你喜欢动物吗？

⑧你喜欢旅游吗？

⑨你喜欢哪个明星？

⑩你喜欢什么歌？

⑪你害怕什么？

⑫你最近做过最疯狂的事是什么？

⑬你小时候的梦想是做什么职业？

⑭如果魔术师能把你变成世界上的任何人，你最想变谁？

⑮如果可能你最想在哪生活？

可爱的姑娘，现在我想说一个残酷的事实，你被骗了，被骗了很多年了。"男女不平等"，男女为什么要平等，你以为你坚强、你独立、你勇敢、你耐得住寂寞、你受得了孤独，你就一定会通马桶、换灯泡、修汽车、抓流氓？这个世界是分为男人和女人，但是并不是平均分配，也不是公平分配，它是要男人做男人的事，女人做女人的事，别把"男女平等"理解得太片面，你可能是个能干的女汉子，但是记住自己的身份绝对不是一个纯爷们儿。

会撒娇的女人才好命

男人征服世界，女人征服男人，男人征服世界靠的是睿智的头脑、结实的肌肉、精准的眼光。女人征服男人靠什么？答案是撒娇。千万不要以为野蛮女友们永远能够掌控男人，女王做派不是会逼男人自宫，就要逼男人出宫，最终能够把男人像核桃一样掌握在手心的是会撒娇的女人。

撒娇是女人的天性，是男人的福利，当女人对着喜欢的男人撒娇，男人会有一种被在乎和需要的感觉。撒娇是真女人的自然魅力，也是女人味的气质展现。撒娇是一种亲密的表达，也是一种示弱的表达方式，能够激起对方的疼爱，所以，其实撒娇是一种智慧。当你和对方吵得面红耳赤的时候，是绷着面子强硬到底，暗地里流泪，还是嘟起小嘴，主动示弱？漂亮的女人不一定制服得了男人，但会撒娇的女人却是男人的克星。

撒娇是智慧，更是技术，如果女人一直在撒娇，就会在男人面前失去独立的形象，即便获得了宠爱，最多也只是一只金丝雀，如果女人从来不撒娇，就会在男人面前失去性别概念，即便获得了男人的关注，最多也只是把你当作好基友。女人到底要怎么撒娇呢？

首先，撒娇要找准时机。如果你们刚一吵架了，你就以撒娇的方式迁就他，那么你就被他吃定了，如果你刚一提出某个要求，就以撒娇的方式表达，他就会把这当成你索取的一种手段，所以，撒娇不能一开始就用，也不能用得太频繁，要当作一把利器，用在关口上。

第二，要在动作上配合预期。比如同样一句"我错了"，如果你带着怨气，不但白费了口舌，还很可能激起第二场战争，但是如果你把声音放柔和了，看着他，瞪大眼睛表情可爱地说上一句，你们之间的不高兴肯定也就烟消云散了。

第三，撒娇要形成自己的风格，并逐渐强化，也可以标榜形象气质和自己相仿的明星或者电影角色，多揣摩她们的做法，把戏演到出神入化，自然也就戏假情真了。

第四，撒娇是一件很私密的事。如果你在众目睽睽之下，抱着你的男人来上一句"亲爱的，人家好想你"，不但让人觉得你轻浮，也让你的男人觉得没面子。

第五，撒娇真的要有计划、有预谋。你首先要搞清楚你的男人的心理底线在哪儿、究竟能容忍你到哪种程度，抗撒娇力如何，不要贸然撒娇，同时要善于制造机会。其实说穿了就是先哄他高兴，做点让他意外和开心的事情，这个时候你就拿出一本账单，他也会微笑地看着你，然后掏出钱包。

撒娇的最高境界是化撒娇于无形，当你真正开放内心，放下戒备，投入情感时，就是女人最妩媚、柔情的时候了。放慢的语速、俏皮的表情、可爱的举止，都令人赏心悦目，话语不重要，撒娇是无言的信息。

会撒娇的女人可以使春风化雨，会撒娇的女人可以化腐朽为神奇，会撒娇的女人可以裂开石碑，会撒娇的女人美到可以制动男人的每一寸肌肤，每一根神经。会撒娇的女人不是天生命好，只是她们找到了开启幸福的一种秘方，一个爱的眼神，一个轻轻的拥抱，让自己心爱的男人在撒娇里融化，到最后男人都跟着乖乖就范。

撒娇是要学会运用语言修饰的中国最好的声音，不是让四位导师一起转身的澎湃噪音，而是听的人无力转身的、酥到骨头里的嗲音。

女人是水做的，只有姣好的面容最多只是一杯纯净水，而有一口发嗲的娃娃音马上就能升值为拉菲了，水就是要柔媚到男人心底最深处去，而面对女人的发嗲，男人根本就毫无还手之力，只能"束手就擒"，甘拜石榴裙下。在林志玲以前，我们总把"嗲"当作中性以下的形容词，可是一口娃娃音的志玲姐姐四十岁了还一副女神范儿，可不只是靠那一头秀发和 D 罩杯美胸啊！什么是嗲？简而言之，轻声慢语儿化音。

男人都爱"狐狸精"

不疯魔不成活，凡人都要修仙，女人都要成精。身为女人如果你把自己的对手都定位为女人，那么你的格局就太小了，你的对手是精，那些妖精，小狐狸精。

男人都爱狐狸精，你看看蒲松龄笔下那些文人、官人、穷人、富人，总之，只要是男人，就没有几个能逃过狐狸精的。狐狸精不是一个贬义词，她们也和故事里的男主角真心相爱，更让男人们爱得死去活来，明知是妖，明知人妖相爱，必有一损，还是飞蛾扑火，做女人就要做出点狐狸精的范儿。

狐狸精都妩媚，你看这两个字都是女字旁，本来就是为女人创造而来的，可是很多女汉子们都在摸爬滚打的日子里就饭吃了。漂亮就等于妩媚是远远不够的，妩媚的女人一定是得体的，不管是衣着还是举止，一个再漂亮、再性感、穿着漂亮衣服的女人，如果她这会儿把手放到鼻孔里，她妩媚吗？如果她站立时两腿不停晃动，或者分得很开，那你觉得她妩媚吗？妩媚是眼含桃花、唇红齿白、眉眼之间摄人心魄，妩媚是优雅而不乏味、活泼而不肤浅、性感而不低俗……

如果你的妩媚真的都就饭吃了，那么让这样法宝帮你迅速找回丢失的妩媚：首先还是高跟鞋，一双合适的高跟鞋配上薄丝高筒裤，会令你的双腿亭亭玉立，在男人眼中增加许多难以言表的魅力。

然后是适度裸露。露得太多，会被误认为是"暴露狂"，不正经。对颈部有自信的女人，穿V字领的衣服，再搭配以金项链，即能衬托美丽的颈线；对肩部有自信的人，不妨穿着削肩、直筒型服饰；如果担心肩露太多，不妨缀缝一些花边或是搭配肩围；对胸部有自信的人，可以多解开一颗衬衫的纽扣，穿透明衬衫搭配同色系的花边胸罩。

对大腿有自信的人，宜穿迷你裙。若穿长裙的话，宜露出足踝。记得保持娇羞，害羞是女人吸引男人并增加情调的秘密武器，出现得适时而又恰如其分，便成媚态，是一种女性美，如一派天真的脸上突然泛起红晕的少女，没有哪个小伙子不会动心。但要注意此态不可"使用过度"，否则有淫荡意味，那就走向反面了。学会含情脉脉的目光和回眸一笑的姿态，那楚楚动人的面容，有时胜过了千言万语。

狐狸精敢爱敢恨，从不拖泥带水。在《聊斋志异》中她们法力无边，却也家规森严，可是为了能和心爱的人在一起，她们不惜冒大不韪，受五雷轰顶，可是如果她们不爱了，就完全没有回旋余地，比任何女人都决绝。她们修炼千年，才能得成人形，所以，她们比任何女人都懂得爱自己。她们爱自己，男人爱她们，她们在爱中失去自己，就会被打回原形，成为一只可怜的狐狸。

她们的生活危机四伏，因为人妖永远不能天长地久，所以，懂得珍惜眼前的幸福，把握及时行乐，最终她们往往把爱情又演绎成了天长地久。而女人们一恋爱，往往瞻前顾后，遇见喜欢的，就要考虑房子车子票子，不喜欢了，既担心自己再也碰不到这么好的了，又担心会越来越不喜欢，最后就剩下纠结，蹉跎了青春，还捧着别人的手捧花，孤独。

　　狐狸精都神秘，她们来无影，去无踪，她们可能无家可归，又可能突然家财万贯；她们可能小鸟依人，又很可能突然具有了保卫家庭的能力；她们可能手无缚鸡之力，又很可能具有养家糊口扩大门楣的本事。如果这些都是皮毛，最厉害的是，她们会在你以为已经完全掌握她们的时候，突然离开，也有可能会在你以为彻底失去她们的时候，重返你身边。这种飘忽的神秘，让男人们一点都不敢松懈，即使恋爱一百年，也搞不懂这女人的心。作为女人，我们就简单得多，遇到喜欢的恨不得简单得像一杯白开水，一眼就被人看到底，喜怒哀乐全都写在脸上。

　　男人都爱狐狸精，所以，女人们任由内心的羡慕嫉妒恨一起，默默诅咒，把狐狸精变成贬义词，可是那又怎样，一百个女人也敌不过一个狐狸精，狐狸精修炼了一千年，可是人已经比她们提前进化了一千年，要学起来，怎么会打不过一只狐狸精呢！

眼泪是法宝

　　许茹芸有首歌，"我一哭全世界都为我流泪"，梨花带雨，是女人最有力量的诉说，一滴男人就醉了。

是女人，都会哭，只要恋爱过的女人，肯定都没少通过这个"法宝"在男人身上获得好处，包括男人的拥抱、男人的道歉、男人的心疼、男人的礼物……我不用说，你也了如指掌。可是既然说了是法宝，就不能轻易使用，你见过孙悟空拎着金箍棒满世界跑吗，那是猪八戒。所以，女人的眼泪虽然管用，也要善用，谨用，如果太过，动不动就倾盆大雨，男人也会时不时地穿上防雨衣。

首先在两种情况下女人是一定不能哭的，第一个就是床笫之上。你不爽和他上床，就用力推开他，你情我愿就不要搞得好像自己吃了亏。男人心里也会犯嘀咕，到底是自己做错了还是做得不够好，搞不好心里从此烙下阴影，看见你就不举，这个责任你可担当不起。

第二个就是在朋友面前。床头吵架床尾和，家家有本难念的经，聪明的情侣都是把架吵在家里面，把爱秀在外面。你非得当着朋友的面哭哭啼啼，是你委屈他待你不好，还是后悔自己找了他？你既不会在朋友那里得到同情分，也不会在男人面前得到疼爱，有的只是加速你们关系破裂，如果这是你求之不得的，那么来吧，让哭泣来得更猛烈些吧。

还有就是哭要适量。知道吧，琼瑶女郎个个可都是能眼泪一滴一滴掉下来的，一边哭泣一边清晰地表达自己的观点，哭得美感，哭得艺术。如果你已经哭得昏天黑地、浑身颤抖、语无伦次，让他手足无措，焦虑不安，除了帮你叫一辆120，已经无能为力了。爱，就别为难自己和他。

爱情同在，宫心为伴

有一天，天神宙斯经过某个国家时，看见这个国家的公主非常美丽，于是宙斯便化身一只漂亮的公牛，吸引公主骑上了他，朝着天空飞去。经过很久的飞行，这只公牛终于在一块美丽的土地上停了下来，变成为人，向公主求婚。美丽的公主接受了宙斯的爱，两人一起回到天上生活。而宙斯为了纪念这块表白的土地，就以公主的名字欧罗芭作为这块土地的名字，那土地正是今天的欧洲大陆。

不管是黑猫还是白猫，抓住老鼠的就是好猫。爱情上也亦如此，无论你使出什么手段，最后获得爱情的才是最大的赢家。

在爱情中，耍点手段不只是男人的专利，女人在这方面更加擅长。不同类型的女子，厉害之处各不相同，生活中我们随处可见。她们善于用最巧妙的方法，在最短的时间里，收获自己的爱情，即使世人褒贬不一。

每个女孩子都渴望爱情，而经营一段美好的爱情并不是那么简单的。女孩子想要爱得温暖，又怕为情所伤，那么，就做一支带刺的玫瑰，能暧昧地开，能纯洁地香。

《三十六计》中的第十六计"欲擒故纵"是恋爱中的女子常用的一计，但如何把此计发挥到极致，主要就在这个"纵"字，"纵"即"放"的意思，而怎样做到收放自如就成了一门学问。

矜持，但双眸含秋十指带香，保持一种很有张力的距离感，是令男人最头疼可又不得不紧追不舍的一种美妙状态，不爱你的人，看不出你刻意留下的距离，爱你的人，又会对你这暧昧的伸手却又不可即的距离，感到兴奋不已。

恋爱中，学会给男人不大不小的阻力，让他有一种渴望，一种彻底了解你的渴望，这才是真正懂爱的人所要经历的，爱情本身就是一场战争。

暧昧的矜持，不是要拒人于千里之外，而是要让他一直保持高度的进攻状态，也是为自己留一点后路。他不会因此而不理你，只会对你更加尊重。被别人喜欢是容易的，但是让别人尊重却是非常难得的。

只有这样的爱，才会显得高贵而华丽。当然这个尺度在你的手里，如果太过就会让他远离，记住要适当暧昧哦！

现在就来教亲们几个小妙招，可以尝试一下，说不定会有意想不到的效果哦！

他打来的电话，要等到响过几遍再接，这样他会更加迫不及待想要听到你的声音。

吃饭的时候，适当 AA 制几回，偶尔也要请他吃一些东西，比如：冰淇淋、薯条、蛋糕。在吃的时候，记得要递给他纸巾，但千万不要为他擦嘴。

当和他约会时，托着下巴不说话，看看天空，或者行人，故作沉思状，男人往往对有思想有深度的女人爱而敬之。

可以吵架。生活里不仅仅是甜，也要有别的味道。要不怎能感觉到甜呢？吵架有时会成为生活中的调味剂。偶尔可以不讲理，撒娇埋怨，甚至是负气离开，但一定要记住，优雅地转身离开。

约会的时候，偶尔迟到，但是不要养成习惯，而且不要迟到得时间太长，五到十分钟最佳，到了之后记得一定要说句"对不起，我来晚了"。

天冷的时候，可以把你冰冷的小手塞进他的衣服里取暖，但是记得是上半身，而不是下半身，更不要塞到他牛仔裤的后袋里。不要忘了，男人的下半身容易着火。

不必什么都对他讲，要给他一种神秘的感觉，让他觉得你永远都是个谜。

要永远学会说一句话：对不起，还不是时候。这句是王道。

有了暧昧的传达，你可要小心男人的眼神了。当爱情进行到一定程度的时候，男人是要有所行动的哦。

第四章

从前，那么慢，那么美

"从前"在我心里一直是一个很美好的词，它就像注定了似的，从前，有座山；从前，有个美丽的姑娘；从前，我也是很瘦……它是让我们不禁想起最美的那个时刻。

　　人生，若只如初见。不顺心时，可能大家都会把容若的这句词搬出来感慨，可是别忘了，从前，那么美，是因为，从前我们是那么从容，我们从来都没有急于要一个结果，可是结果我们很快乐，很幸福。后来，我们很急切，很想抓住什么，可是除了手心握出的血痕，什么都没有。

爱情，是一下午的危地马拉

　　我很喜欢在一个阴雨天窝在咖啡馆的沙发里，独自占据一个空间，看水滴打上玻璃，想路上哪个没带伞的冒失鬼又会因此引出一段白蛇许仙般的故事。

　　这样的生活说来，一年也难得几次。有时间的时候未必下雨，下雨的时候未必有时间，两者都有了，又未必有什么精彩的事正好被看见。所以，很多事情都要讲缘分，不单单是爱情，还有遇到一杯好咖啡的概率。

　　记忆中喝过的第一杯咖啡，肯定是雀巢速溶，不是三合一，没有糖，没有伴侣，忍着好奇，瞒着大人，偷一口喝进肚子，那才叫有苦说不出呢。可是那种苦涩倒也是一种吸引，许多日子里都有念念不忘的回味。其实，很多时候，人都有这样自虐的情节，并不是我们喜欢的东西就一定是好的，并不是我们爱的就一定是值得的。

　　在后来很多个喝速溶咖啡的日子里，我和朋友们不断交流和交换过很多品牌的速溶咖啡，一边交换着谁又喜欢谁这样的小秘密。

就这样在速溶咖啡的陪伴下，走过了青春的岁月。

像我差不多年纪的人，我想都是幸运的吧。在我们没有能力支付生活的时候，并没有像现在的孩子们一样，被物欲迷失。咖啡馆和现磨咖啡不只是我学生时代的奢侈品，甚至是奇缺产品。不像现在的孩子一样，甚至可以在图书馆、书店轻松品尝到一杯新鲜出炉的咖啡。所以，当我们那样一群喝着速溶咖啡长大的孩子，看到满街的咖啡馆拔地而起之后，欣喜若狂，开始不断地埋头在不同的咖啡吧，品尝着谁家的拿铁更好，谁家的卡布更浓，少不了的八卦是谁又和谁分手了。感情到了这把年纪，倒像是现磨咖啡的火候，滤掉了咖啡因，留下的应该是醇真的味道。我们把对爱情的懵懂都像咖啡沫奶沫一把混合的速溶咖啡一样，告别了。

现在，我刚填写了一张订单。危地马拉安提瓜新鲜咖啡豆，中度烘焙，烟熏甜香。我喜欢的产区，危地马拉的安提瓜咖啡最早可以追溯到玛雅文明。由于火山的喷发，使得这里的土壤更富有营养，而充足的阳光和水分，也使得出产的咖啡品质绝佳，口感柔滑，于芳醇中略含烟草味，就好像巧克力的甜美和烟气混合在一起。当诱人的浓香在你的舌尖徘徊不去时，这其中隐含着一种难以言传的神秘。第一口时，你可能感受平淡，但随着咖啡慢慢冷却，你便会发现它的微甜并为它的深度而惊喜。如果可以，我想有一片自己的咖啡田，睡在咖啡的香气中，那不是提神的催化剂，而是催眠的安神香。

直邮的订单，下单后根据喜好烘焙，最好是不要打磨，自己动手也是一种乐趣，一杯咖啡从打磨到品尝，常常可以很好地消磨一个下午的时光。不是矫情，非得要这个产地，只是对了自己的脾气。

我常想，这样的一个下午到底是人的奢望，还是回归单纯？陶渊明看破红尘隐身田园，其实也不过就是追求优哉的慢调子嘛。可是爱情呢？爱情能简单到挑选喜欢的咖啡豆，粉身碎骨，赴汤蹈火，只为最后的一口醇香吗？太多人，太多时候，忽略了这个过程，如果只为结果，危地马拉不如速溶咖啡来得快，不如咖啡馆来得方便，可是我们要的结果，到底是喝咖啡了，还是喝一杯喜欢的咖啡？

其实，爱情就是这样一个过程。开始，大家都喝速溶的，只会挑牌子，雀巢、超级、麦斯威尔…… 然后学喝现磨的咖啡，挑口味，摩卡、拿铁、焦糖…… 再然后，我们喝咖啡进入了挑产地、挑烘培度，危地马拉、埃塞俄比亚、巴西…… 终于固定下来一种喜欢的口味。看似我们的要求越来越多，要求越来越高，其实，这才是回归到了最简单、最本真的一步，不看包装、不看装修、不管环境，只管是不是自己喜欢的。爱情也是如此了，我们在懵懂的年龄，在父母老师都阻挡的年龄，偷偷地恋爱，以为有一个帅气的男朋友，一个漂亮的女朋友，牵牵手，就可以白头了，后来我们世故了，觉得懂得爱情了，寻找爱情是为了白头到老，是为了成家立业，所以爱人，变成了准老公，准老婆，却发现我们确定了条框，是那么难找到一个合适的人。那有没有试着别管外表、别管家室、别管工作、别管年龄，只管是否是自己喜欢，只管这是不是自己的口味，这才叫爱情。不是冲动，也不要想多了，冲动的是一夜情，想多了最多叫感情，可都不能划分到爱情里。

　　爱情，是阳光明媚的下午，听，咖啡磨转的声音；嗅，粉末飞散的迷香；品，前后起伏的醇厚，就这样，静静地度过。哦，亲爱的，我想说的不是爱情，只是一个下午的事，需要像喝一杯自己亲手打磨的咖啡一样，喜欢，热爱，温暖，还有慢慢地感受和享受。

聪明的女人慢半拍

我有个表妹，从前我们对她的形容都是"老气横秋"。因为她从小和爷爷一起长大，跟着老人家一起，在别的小朋友和泥挖土的时候，她就开始琴棋书画，小伙伴们都笑话她老气横秋，没有童年，可是小表妹天生命好，等她大些的时候，国学兴盛，很多孩子都开始背《三字经》，学古诗，弹古筝，她已经先人很多步了。可是老人看大的孩子，性格改不了，内向、温吞、慢半拍。

这样的性格一直延续着，到她大学毕业，长相清秀又内秀的表妹非但没有恋爱过，竟然连个男性朋友都没有。全家人集体一个汗啊，开始大家都自告奋勇，恨不得拍着胸脯要给她找个好男人，可是渐渐地屡战屡败，大家开始默默指责，妹妹真是不知道着急，谁谁谁那么好，她也不积极点，半温不火，又错过一个好男人吧云云。

直到有一次，我很偶然的一次机会在朋友的生日会上认识了一个他的朋友，说是刚刚留学德国回来，在国外待久了吧，就喜欢传统的中国女孩，所以，别看那些女孩看见"海龟"一个劲儿地往上盯，但是他不为所动，一心寻找自己的林妹妹。

我这边听见，忍不住拍着胸脯搭茬儿，我，我，我啊。朋友瞪大了眼睛，重婚的不行啊。我妹妹，我咽下唾沫，才把话说全。这不就是千里姻缘一线牵嘛。大好的机会啊。据后来我朋友回忆说，我当时眼睛已经冒出了绿色的光芒，唾沫满天飞啊，把我妹妹形容得不仅琴棋书画甚至是沉鱼落雁，简直就是大名府的花魁嘛。人家愣是没插上嘴，最后我还强逼着人家敲定时间和我妹妹见面。

　　其实，我是在自己意识还很清楚的时候，在我的"家族"群里，通报这件事情的，大家七嘴八舌纷纷表示，不错，的确是不二人选，见必须得见。就我妹妹依旧沉着，在大家都热闹够了之后才冒头说一句，对不起，老姐，明天晚上没时间，单位同事约好了要看《小时代》啊。我汗死了啊，和一个女同学看电影，和一个男海龟相亲，哪个重要，还用说吗？可是不管亲戚们怎么劝，怎么骂，我妹妹就是不再吱声了，我灰头土脸地跟我朋友把时间改好了。

　　相亲的细节完全可以忽略不计，不管这个男的说什么，我妹妹最多俩字，挺好，不错，真的，要么就是微微一笑，不再搭言。我的手在桌子下面恨不得狠狠地掐她几下。刚到家，我就迫不及待地打电话给她，问她感觉怎么样，喜不喜欢啊云云，妹妹倒好，啥喜欢不喜欢，才见一面，你别管了……

　　我真想生气了，就此不管了，可是第一忍不住八卦和好奇，想知道他俩的进展，二是架不住她妈也是不停地打探，所以，总是要么问问她，要么问问我朋友，恨不得两人一下子定下来结婚才好呢。"家族"群里，也异常火爆，姑姑问啥时候能带回家来大家看看啊，叔叔问，今年能结婚不啊，要不趁房价低，先把房子买了吧……我妹她老人家依旧是自己的节奏，喜欢时候搭理我们两句，你们着啥急；不爱搭理了，索性几天隐身。那段时间我是深切体会到了皇帝不急太监急啊。

后来是真的忙得忘了问了，直到我闲下来了想起来，问我妹妹，才知道他们竟然还没开始就分手了。我恨不得从电话这头钻过去：给你找到个合适的男朋友容易吗，你真的还小嘛，多好的条件啊，"海龟"不说了，年貌相当吧，长得高大上吧，哪点配不上你啊……开始妹妹死活不肯说，后来我自讨没趣，在"家族"群里一顿煽风点火。我妹妹小宇宙终于爆发了，发出几个字——他在德国结婚了，孩子都两岁了。这下子换我沉默了，大家的矛头也都开始指向了我。怎么不早问清楚，你知道人家底细吗，就介绍，那么着急干啥……我瞬间灰头土脸。想回去质问我朋友，可是也说不出口，这是我自己找上去的，何必两头不是人，最多老死不相往来。还好，我妹妹自己主意大，不然我就糗大了。

从那以后，我是不敢再操心她的婚事，好像很多亲戚朋友也谨慎了，对于催她结婚和相亲的话题都缄口不提了。前段时间听说她终于谈了一段稳定的恋爱，对象竟然是个"潜伏"在他们办公室的富二代。家里做个不大不小的代理生意，爸爸怕他太早接触生意，人轻浮了，就托人安排他到朋友的公司里做人事专员，真是，一出出，像足了电视剧。

有了男朋友，妹妹整个人都成熟了，我们不再当她是小孩子了，也敢跟她探讨点情感问题。话题不禁也又撤回到我的那次乌龙相亲，好险。其实，她本没有那么高的情商，可是真是慢性子救了她。她就是那种就算喜欢得要融化了，也不会激动颤抖的人。可就是这样的性子，反倒让那个该死的"海龟"真着迷了，他总以为我妹妹也是个高手，欲拒还迎，更改见面时间就是为了有意勾引他，更以为我和妹妹是串通好了的。既然我们姐妹俩都这么开放,他就更无所谓了，中国安个家，德国安个家，坐享齐人之福，想得真美。后来倒是妹妹的慢性子激怒了他，才真相毕露，他那在我们面前一贯温文的面具也扯掉了，顾不得形象质问我妹妹假清高，才说出了事情的真相。我总后怕，要不是她的这种性格，换做任何一个女孩子，姐姐介绍的男朋友，怎么会想到是隐婚的呢，这么好的条件摆在这，男人又摆明有好感，我是逃不过害人害己了。

智商或者情商有时候未必就是真的有心机，懂算计，电视剧里的那些"三好"女主角也未必真的都是矫情做作，还真是好人有好报，傻人也就真能有傻福。所以，从那开始，我特别佩服那句"大智若愚"。在情感的世界里聪明的女人不是把自己打扮得多么漂亮，把话说得多柔情蜜意；不是把男人的钱和电话看得多紧；也不是时刻准备和小三、婆婆斗争到底，而是慢个半拍下来。

慢半拍，在第一次约会的时候不妨迟到点，给对方留下一点想象的空间，当然如果你对自己都没有自信，就别给对方留下后悔的空间；慢半拍，就是不在乎。你不在乎，他才会在乎；慢半拍，别太轻易许诺和答应，他若珍爱便会不离弃，他若伪善，便会失去耐心露出真面目。如果你实在面对一个帅哥像我一样忍不住开始失态的时候，不妨想想我的妹妹，要不是她天生慢半拍或许也会相信天上掉馅饼。再次强调，她真不是情商高，一眼就看穿男人的内在，只是慢性子给了她了解男人的时间，给了她看清真爱的时间，也给了一个珍爱她的男人发现她的时间。

三万英尺的高空，我爱你

"我坐在三万英尺的高空中思念一个人，一个我最爱的人，听到了我的心跳吗？在一年，三百六十五个日夜后，我积攒着一年的假期，从北方飞往南方。整整有一年，我靠着思念的温度，慢慢煎熬着自己对你的爱，直到这份爱烘干了所有水分，坚如磐石。亲爱的，四个小时之后，我将再次触碰你的体温，想到这一刻，我就浑身痉挛，我想静静地睡上一觉，让时间加快流动，当我醒来时，已经把你映入眼帘。"

"现在时钟上八点一刻，你的飞机应该已经起飞，我再也无法淡定地待在办公室，我必须守候在机场，这是拉近我守候你的距离，我愿数着飞机，让时空加速。亲爱的，四个小时后，我将带着我密密的情书，张开怀抱。"

没错，这当然不是我的风格。当我的女朋友强迫我读她和老公的这些情书的时候，我也肉麻地抖落一地鸡皮疙瘩。此刻，我也在三万英尺的高空，想到的是迪克牛仔的那首老情歌，还有我这对损友的情书。

他们都是我的同学，飞书传情，情愫渐生，彼时就不断地晒过他们的情书，那时候我们就在心里默默诅咒，哼，看你俩能肉麻多久。结果，他们真的就这样肉麻下去了。

以上这两封情书，是他们在结婚后第一年里写的，竟然好意思在结婚纪念日上念给我们听。大学四年，他们的情书已经积攒得够多了，毕业后他们两地分居，事业发展得越好，就越是聚少离多。可是尽管思念，如无必要，他们很少使用现代化的工具去表达思念，更是从来不会煲电话粥，而是坚持写信，不是电邮，而是实实在在的白纸黑字。

我们一直猜，其实男人是有点被迫的感觉，但是我的女同学却坚持。开始，很多同学也都笑她老土，可是随着岁月在彼此的感情线上都刻上了深深的印记后，我们不得不佩服我女同学高明。

爱到浓时，甜言蜜语，海誓山盟，可又有多少是经过深思熟虑，负得起责任的呢？可是，写信便不同，白纸黑字，言之凿凿，这一笔一画是感情，也是承诺，想抵赖也赖不掉。

结婚三年后，男同学有了出轨的苗头，对方是一个刚毕业的大学生，他的下属，崇拜加爱慕，把男同学追得没有退路。女同学是过来人，一眼就看出了端倪，默不作声。在男同学就要把持不住的一天晚上，来了个大扫除，故意把厚厚的情书都搬出来，思量着家里东西越来越多有些东西是不是该扔了，于是便一封一封地拿出来整理。男同学做贼心虚，不敢直视这些情书，女同学步步紧逼，竟然还节选精彩段落朗读，直把男同学读得鼻涕一把泪一把。最后把所有的信件都收了起来，只说：我要留给我女儿，等她长大了，要是没有一个男人给她写这么多情书，绝对不让她嫁给他。

　　小时候看电影《情书》只想着要一个男孩爱自己如藤野树，可是有多少女人还未长大，就已经被速食爱情所吞没了呢。我们也曾经笑话过我的女同学，可是她的"情书"不但让她一路享受着爱情，还挽救了她的婚姻危机。突然想起，很多人都问，科技这么发达了，图书会消失吗？不会。这不是我一个人的答案。这个世界上总有一些美好是无法替代的，也总有一些美好是留给懂得享受它的人的。纸质图书如此，情书也是这样。

爱，是陪你到死的勇气

"我能想到最浪漫的事，就是和你一起慢慢变老……"那个一边一个深邃酒窝的女孩可能至今已经没有几个人能记起，她的名字叫赵咏华。可是这首歌，不管是70后，80后，还是90后可能都能哼上几句。背靠着背坐在地毯上，聊聊心事，聊聊愿望。夕阳西下，手牵着手慢慢走下去，这是最能直抵心灵的共鸣吧。跨越年龄与时空的爱恋。爱，最浪漫的事，就是一起慢慢变老。可是，这还不够。

爱，是用英语才能表达的象形字，它是一个动词，但是有时态，一直都应该在进行时。可是好多女孩子，却草草地把爱过成了过去时。我认识一个神经质的女孩子小白。

恋爱中,她总是像一只受了伤的小动物,总是充满了恐惧和害怕。她不是怕他不爱她，不是怕他离开她，而是总怕他死掉。

约会的时候，如果他没有准时出现，她就会惶恐不安，总觉得他会不会是途中遇到了什么意外，比如在过马路的时候，被车撞死了；走路的时候，突然被高空坠物砸死了；在大街上遇到抢劫等等。

最夸张的一次，两人正在通电话，突然男友的电话中断了，再打过去怎么都不接。我想正常人的反应都会是手机没电了，可是我这位姑娘一瞬间想到的竟然是男友突然被绑架了。哭着几乎给所有她认识的男友的朋友打了电话，问是否知道他去哪了？是否在一起。而正常人的第一反应就是，男友背着她和别的女人在约会。好朋友讲义气，当然得替他打马虎眼，结果说得漏洞百出，更让她疑神疑鬼，最后竟然跑去报了案。那时候，她跟我哭得稀里哗啦，我表面上对她一番安慰，可是内心中禁不住也在想，姑娘你这么神经质，男朋友早晚得和你分手啊。

男人也不争气，手机没电了，充电器没在身边，直接去开会，全然不知道这三个小时，外面已经发生了翻天覆地的变化。可是出乎我们所有人的意料，经过这件事情，男人没有大发雷霆，责备她小题大做，反而促进了两人发展，男人竟然没多久就跟她求婚了。戒指稳定了他俩的关系，却依旧没有办法让她改变自己的神经质。她依旧是每天充满了各种担心。

你觉得爱情最浪漫的事是什么？和他一起变老？不，是担心他会死去。这是男人在婚礼上的誓言。他是懂她的，他没有嫌弃她的神经质和疑神疑鬼，因为她从不担心他会背着他去爱别人，她只是担心他会突然死去，突然从她的生命中消失，这是真爱才会有的紧张。

爱，是持续的动作，这个持续的动作不是持续地索取和给予，而是持续担心，这担心刺激心脏的收缩，连带着刺激脑垂体分泌多巴胺，爱情的幸福感，就这么纠纠结结地产生了，而真爱何尝又不是这么带着点自虐的快感呢。爱情是不快乐的，因为快乐是短暂的，两情若是久长时，又岂在朝朝暮暮。长相思，也是一种幸福。想想，一见钟情，草草收场，拿什么去回忆，拿什么去证明爱过，没有这么千回百转的思念与担心，又算得上什么爱情。

这便是小女子的智慧，她没有千娇百媚的姿容，没有雍容华贵的气度，没有巾帼不让须眉的能力，凭什么守住自己的感情？拿什么去 PK 情敌小三？只有真心实意的爱，就像煲一碗老火靓汤，小火慢炖，煮透另一颗，融化在一碗鸡汤里，共饮此碗，让他再也无法忘记，曾有人爱我如生命，曾有人用生命来爱我。

有一种慢，是一辈子的痛

我和身边很多急于出嫁的女孩子都说，千万别着急，你何苦把自己大好的年华辜负在求爱的路上，而不用在穿衣打扮，坐等爱来呢？可是她们的回敬往往是"站着说话不腰疼"，可是姑娘们，那些和我一样已经出嫁了的女朋友，绝对不是抱着一种看笑话的姿态让你们孤单下去，而是以一种过来人的姿态惋惜：唉，人生要能重来，我要是你，还没结婚，肯定……话说到此，不能再深入研讨了。

我只想说一个我身边最让我疼痛的故事。他们都是我的同学，在该好好学习、天天向上的年纪里，选择了老师所不齿的早恋，可是懵懂的我们却觉得，简直太帅了。他们高中毕业，命运迥异竟然没有毕业说分手。女孩考上了外地的大学，男孩选择复读。女孩在大学如鱼得水，男孩一直读到高四、高五、高六，才不负众望和女孩成了校友。

一个是多才多艺的校花级人物，一个是土头土脑的校园新丁，谁能想到这一段怎么看都不般配的"姐弟恋"竟然在女的毕业时，他们依旧没有分手，而是选择了结婚。

我恨这一条法律，为什么大学生要容许结婚呢？有多少姑娘就是这么草草葬送了青葱岁月，猛一惊醒，已是人妻。我这个女朋友自然也是逃不过俗套。虽然当兴奋地告诉我们终于要结婚了的时候，我们一帮被选定的伴娘团都恨不得用棒球棒敲敲她的脑袋，可是还是敌不过她那句，我已经想好了。

真的想好了？这是在她离婚时我又问的一句。我已经想好了，跟她六年前说的那句一样。

中间的故事想都想得到，女的已经上班，男的还在准备毕业论文。女的事业已经春风得意，男的还在应聘面试。女的已经怀孕，男的才拿了第一个月的薪水……生活的压力，现实的风波，让女人渐渐清醒，她那么轻易就发现，这世界上哪怕是一只公狗都比她身边的男人顺眼，所以，她是那么轻易地和公司的男同事恋爱了，为了孩子，她又忍耐了三年，期间换过几次男朋友，而男人应该不会完全不知，知道时间已经无法再让他们假意都瞎了眼，他们终于在我们的拍手叫好中离婚了。

曾经他们辜负了青春、辜负了年华、辜负了两个人，但是庆幸的是，最后他们离婚的时候，才三十岁。而立之年，很多同学还没结婚呢，他们还有大把的时光重新慢慢选择。

还要慢慢选吗？听说我要写这样一本书，她太嗤之以鼻了。当初那么笃定地嫁给他，不是因为一时的冲动，而是因为真的经过了慢慢的恋爱，漫长的相守，才决定投入滚滚红尘，期许牵手到白头。从相识相恋到结婚，七年的时间，还不够思考是否足够爱一个人吗？从结婚到离婚，六年的时间也足够思考，是否需要离开这个人了。

好吧，你的恋爱够慢了。我勉强点头。可是问题就是你慢过头了。回忆一下你们身边或许总有这么一两对让人羡慕的神仙眷侣，他们初恋就结婚或者是把一场马拉松恋爱修成正果。他们享受了恋爱的慢慢的过程，却把这种浪漫的事做得太过程序化了。已经恋爱那么久了，好像必须有一个仪式来给爱情画个逗号，可是往后的日子，不是一连串的感叹号，却是一个接一个的问号。

爱情不仅是有保鲜期，更有有效期的。慢慢地恋爱，慢慢地享受爱情，可是如果慢过了度，就让时间耗尽了激情。所以，姑娘我想说，要想保持爱的时效性，也要掌握一个慢的度。

首先，切忌初恋恋太久。初恋嘛，总是有点像糖拌柿子，有那么一点甜，有那么一点酸，最后那么一点点疼痛。所以，分手后，留下一个记忆，或者是教训都是好的，最怕把初恋当永远，长长久久走进婚姻的殿堂。不是我们腹黑嫉妒，可是说白了，世界上成千上万的男人，你却只见过这一个，从何谈起分辨好与坏，适合与不适合？而初恋又总是让人依恋，如果你沉浸在其中太久，难免就产生你若不离我必不弃的豪言，到最后，这段感情就"赖"在你的手里，只能硬着头皮走下去，心中默默念吧，愿你这一辈都不要遇到一个好男人，你才能把你的男人永远当成一块手心里的宝，蒙蔽双眼，也挺好。

你不是运动员，跑不起马拉松。娱乐头条总会出现，××结束爱情马拉松,终于修成正果。明星们整日逃避狗仔,练就了一身好肌肉,天生都是运动员,跑几年马拉松怕什么。他们有的是时间和金钱化在打肉毒杆和整容上,鹤发童颜,年龄逆增长都不在话下。可是姑娘你是普通人。跑不起马拉松,如果一段恋情走得过长,都没有突破性的进展,要不要做转身离开的那个,还是继续慢慢等待呢?答案我选前者。转身离开,给对方留点眷恋和后悔的空间,更给自己保留了爱的尊严,别怕自己已经付出的是吃亏,爱情是平等的,你在付出的同时,他也在付出,除非你早就瞎了双眼所托非人;也别怕自己没办法再找到这么好的人,再好,不肯许你未来的都不是合适的人;也别怕自己浪费了青春不划算,青春就是拿来浪费的,浪费了青春才知道幸福是什么。

最后,我想提醒一下姑娘们,慢是淡定,不是耗费时间。千万别像我这位朋友一样,谈了七八年恋爱,就觉得自己已经是经过深思熟虑了,很多事情都不是时间能证明的,酒是时间长了醇,牛奶却是新鲜的好。时间的流动并不能累积我们的经验,也不能丰富我们的生活,只有头脑和心灵能够识别我们的要求。慢慢地恋爱,是我们即便八十岁了,也不会为一段不真诚的爱而屈服,而不是恋爱八年就必须在世俗的眼光中泯灭初衷。

一起旅行，天涯海角

最近看到一则新闻，一对夫妻，十七年时间，一起走过五十七个国家，而且他们的计划还是一起走下去，用一生的时间去环游世界。且不论他们的职业，财富，能坚持十七年的婚姻已经很让人羡慕，在十七年之间还不停地一起旅行，那可真是一种勇气啊。

每一次情人一起的旅行，其实都像一次婚姻。准备旅行之前，选择目的地就像筹备一场婚礼，紧张激动；踏上旅程，就像一段新婚开始，充满未知和期许；可是旅行并不一定都像我们想象的那么完美，旅行团的行程太紧张，景区的人太多了，根本看不到风景；血拼太美妙，信用卡消耗却太大……就像婚姻生活一样，谁都希望像恋爱一样如胶似漆，可是柴米油盐的日子必须在不断的争吵中历练才能有滋有味。

所以说，旅行，对于情人来说，就像是一层炼狱。你们每天衣食住行都在一起，还要面对各种未知挑战，这简直就是一场浓缩的婚姻。首先是你们能够时时刻刻在一起，制造了相对稳定和封闭的环境，加起来的时间胜过几十次约会吃饭看电影了；其次是因为总会遇到种种无法预料的情形，很容易暴露一个人的性格和特点。无论是多么不相干的人，一起待了一个星期，都会有所了解。而且，因为旅行中会遇到很多需要当事人处理的事情，很多意外的情况，不仅可以展示一个人面对棘手问题时的处事风度和方法，更可以因为近距离的接触，而感受到双方在共同面对一件事情的时候，是否能够很好地配合。这绝对是个人综合素质、素养的很好考验。

如果姑娘们把旅行当成一次试婚，我并不反对，可是仅仅把旅行当成一次蜜月来享受禁果，那么你就又误会我的意思了，给你们讲几个我听到的旅行小故事吧。

先说说小月和他男友去厦门旅行的事吧。

小月和男友交往一年半，算是个听话的女孩，没有急着在一年半内迅速确认两人的关系。能一起旅行，才能一起结婚的话，她也听过。就算是考验男友吧，顺便旅行，一举两得，多好。于是她提意，利用他们的年假去一趟厦门玩。

男友也赞同这次旅行，当然他并不知道旅行的深层目的。男友提议旅行要以休闲为主，省钱为上。为了表示体贴，小月欣然同意。于是一切交给男友去安排。结果，那天一出门，男友突然拉着她狂奔。小月大惊失色，问他怎么回事。男友竟然说他记错了时间。本来是18点30分的航班，竟然错看成晚上8点。

一路上小月揪着心，没到机场，已经花掉了一百多元的打车费。

小月是一边心疼 MONEY 一边还要强忍着怒气。好在最终赶上了班机。结果，中间居然有经停！中间耽搁了两个多小时。男友居然轻描淡写地说："怎么还会有经停啊？我们的酒店只给留到晚上 9 点哦！"这下可好，又要打电话到目的地的酒店哀求。酒店前台才答应，顺延到晚 10 点，还要立刻网上支付全款。结果，他们还是没能守时，到达目的地已经深夜 12 点了。机场大巴已经收工了，小月只好硬着头皮和男友再次打车。男友低声嘟囔："早知道后半夜到，就订白天的航班了，才多七十元，却可以省下一天的酒店钱，还可以坐大巴。"小月立刻无语到极致。

好容易两人搭着车七扭八拐到了预定的酒店，司机嘟囔着说又晚路又长，不想找零了。男友一听，萎靡半天的情绪又像是打了鸡血，马上炮轰司机。小月无语到无语，自己拖着行李先去了前台办理入住。

第二天早上一醒来，小月就在酒店房间的地图上发现，男友订的酒店竟然和机场南辕北辙。小月带着气问男友为啥订这么远的，男友的回答理直气壮："省钱啊，这个比市中心的一晚上省下十元钱！咱们得住四五宿呢。"这才仅仅是个开头，后面类似丢西瓜捡芝麻的事情举不胜举，比如网上买便宜的门票，却要多花双倍的价钱打车去拿。团购的早餐，离酒店十万八千里……

旅行途中，男友几次提出亲密要求，都被小月坚决地抵制了，因为小月心里早已经恨不得快点回家，把这个抠门儿加没脑的男人踢走。

看了小月的故事，可能很多人都会好奇，难道小月和男友相处的这一年多都没发现男友的脑残么？不是男友会伪装，也不是小月太粗心。而是在恋爱中，男女之间总会有一层隐秘的薄纱，在爱情的作用下两个人都会情不自禁去"讨好"对方，很可能在不经意间你就已经被他征服了。而旅行，就是你们两个人的世界，一言一行都是最坦诚的相见，在没有防备的情况下，人更容易暴露本性。

像小月男友这种男人其实不是真的很小抠，他们只是逻辑思维混乱，他们未必会介意给你买个上万元的名牌包，可是却总会在十元二十元上斤斤计较，所以，他也不见得会看你的脸色，当你已经怒气冲冲的时候，他可能还在嬉皮笑脸，天长日久你们不在同一节奏的路还多着呢。遇到这样的男友，如果你日久生情舍不得分手，那么给你点意见。

①如果你是女王范儿，并且愿意事事亲力亲为。恭喜你，你们可以平坦地进行下去。他会很乐意你在他的大方向下，为他做好每件细碎的小事情的，并且保证执行力。那么你唯一要忍受的就是眼不见心不烦，不能既想着掌管大局，又嫌男人没出息，拿不了主意，保证你俩一辈子也会分工明确，相安无事。

②如果你是萝莉范儿，喜欢事事依赖男人，那么就有点难了。你必须抓住生活中的每个机会告诉他，"欧巴，不能再这么下去，我们会为此付出代价的。"用你的柔情蜜语软化他短路的神经，期待奇迹一定会出现的。

③不管你是什么范儿，依旧是以不变应万变。有想法一定要开

诚布公说出来。别以脸色或者态度想让他自己察觉什么。常规马虎弱智状态下的他，是根本不会注意到这些的。你莫名奇妙地甩掉他，他都会死乞白赖地问你，这是为啥呢？

再来说说苏梅和他男友敦煌旅游的故事。

苏梅绝对是个外貌协会，男友换了几茬，最后选定了现在的男友，人绝对一个高富帅加白富美。皮肤美得赛过很多女人，每次苏梅带男友出现的时候都觉得自己特别有面子。苏梅有个心愿就是想去敦煌旅行，感受一下沙漠和莫高窟。开始男友就找各种理由拒绝，先是说请不到假，在苏梅的强烈要求下，虽然假请到了，可是又开始劝苏梅换个目的地。苏梅一直不知道为什么自己喜欢的男人就不愿意陪自己实现愿望呢？直到结束了这次敦煌之行，苏梅发现男友也真是醉了。出来旅行，怕冷、怕热、怕累，天天要求有洗澡的地方住才行，晕死，跟这种人一起游敦煌，那不真是找抽了嘛。可是一个人的本性真的能在旅游中暴露无遗吗？苏梅不忍心，一块小鲜肉就因为这次旅游拱手让人？终于她鼓起勇气，又策划了一次旅行，这次的目的地苏梅选择了云南大理。结果，苏梅回来后只想撞头，为啥同样的错误自己非得要犯两次才甘心。男友宁可每天吃泡面，也不愿吃当地人的小吃。太阳升高的时候，一定要回避，苏梅玩得正开心的时候，男友总是摆着手，"不行了，咱们休息一会儿吧。"除了"扫兴"，苏梅也真的只剩下"扫兴"了。不对，最后苏梅还是想到了华妃娘娘的一句话："贱人就是矫情。"

可是苏梅，我还是想说，你赚到了啊。人家这身小鲜肉可不是天上掉下来的啊，可是好吧，美女，我要说，你赚到了，因为，虽然你这个旅程很不值得怀念，甚至想直接按删除键删除，但是你起码完成了一件事情——那就是你通过细节，发现了一个可能跟以前截然不同的他。

细节决定成败。这句话在两个人相处的时候也是适用的。因为即便你们交往很久，但是无论在与谁的交往相处中，人都会对自己有个掩饰，想想看，是不是有些言谈举止，我们有些时候在父母面前也不会彻底放开。难道你相信他能完全纯洁透明犹如玻璃一样坦然在你的面前？别天真了。看看下面的贴士，他符合几条？

①是否带上常用的药物，他的提包里有没有你能用的防晒霜、晕车药，以及一些开胃的小食品。

②飞机换票时，是不是要求换成相邻的座位。如果没有相邻的座位，有没有努力和其他乘客沟通交换过。

③交通工具晚点时，是表现出焦躁不安，还是时刻想办法宽慰你，并且想办法消磨掉等待的时间。

④入住一家宾馆，有没有让你去看房间，然后再确定是否入住。

⑤有没有关心第二天的天气，以便制订和改变行程。

⑥出去品尝美食和当地特产时，有没有问过或者知道你的口味和好恶。

⑦只一味购买自己喜欢的纪念品，完全想不到你、你的朋友或者家人。

⑧打车时总是忘记准备零钱，要你出手付账。

⑨旅游景点门票、吃饭等开销，你发现最终他付得少，你付得多。付账时他总会消失那么一小会儿？

⑩玩了一天回宾馆后，他总是打开热水，第一个洗澡。然后才轮到你，连一句询问和客气的话都不说。

⑪玩得高兴时，注意没注意到你走路有些缓慢，或者还穿着高跟鞋？

⑫从来是走完一个行程才吃饭，没有按时按点进餐这一说。

⑬游乐场所从来都是玩一个人游乐项目，短暂忘记了你的存在。

⑭不断鼓捣自己的手机、相机，根本无暇和你一起分享你想和他分享的景致和心情。

⑮他不断打电话回公司，或者是给朋友，表现自己的兴奋，跟你说话交流越来越少。

⑯你说晚饭后或者自己出去转转，他只顾在宾馆看电视或者上

网，连一句要不要一起都没有。

⑰当你有改变行程的想法，很想去一个地方的时候，他却说 NO。

⑱从来不愿意在你喜欢的地方，多做一秒钟的停留。

⑲在路上哀叹，这地方没有想象的好，如何如何，不顾及到你的情绪。

⑳出门的时候经常问你要东西，却吝啬给你买上哪怕一包纸巾。

二十条常常会遇到的细节，你可以在旅行的时候悄悄进行打分，如果他占了不到十条，也许会是性格使然或者因为兴奋而忘记；如果在十条以上，你就要暗自思考一下，他到底爱你有几分；如果十五条以上，上帝，你真的应该和他好好谈谈了。

现在我还有最后一个关于旅行的故事，这个真的很重要。

丹丹是一个从小就很胆小的女孩，虽然不是紫霞仙子，但是总觉得有一天，她能够遇到一个大英雄。后来，她真遇到了。那个男生高大威猛，是一看上去就让人很有安全感的男人。自然是丹丹心目中的首选。谁也没办法从这个男人身上看出他的草包本色，直到两人一起去香港旅行，丹丹的心彻底凉了。

一团人遇到了黑导游，不买东西就是不让走，一团人都起来反抗，男友却拉着丹丹，一个劲儿往后躲。后来，丹丹一个不留神，被人群挤到了门口，导游以为她要强行离开，一腔怒火都冲丹丹发了起来，普通话粤语夹杂着不干不净。丹丹又气又羞，吓得哭着只看男友。谁知道，男友不但没有像丹丹期待的那样挺身而出替自己出头，反而客气地跟导游说，谁说我们不买东西来着，我就看那个手链挺好，我俩就要去试了。最后，男友真是破财免灾，买了五千多元钱的东西送给丹丹，也算大方了，可是看着这堆东西，丹丹却怎么也笑不起来，这跟她想象中的男友相差太远了。连这么小的事情，他都胆怯，如果有一天她晚归遇到劫财劫色，如果她被小流氓吹口哨，如果她俩在山间遇到蛇……丹丹越想越发毛，这种徒有其表的男人，今天能拉着她一起往回尿，明天就能在危险时刻把她推出去挡子弹。

其实，丹丹想得没错，我不是乌鸦嘴，也不是咒你一定会出问题，可是女人天生都是缺乏安全感的动物，如果你的男人连最基本的心里安全感都给不了你，那么你们的幸福指数再高，也会很有限。

诗我长发及腰，不如等我长袖善舞

给爱情下一个定义，或者做一个比喻，这就像莎士比亚的哈姆雷特，在每个人眼中都是一个不同的表述，甚至一个人在不同的人生阶段，不同的情景中，所看到的都是不一样的。

某天，我看到朋友圈疯传的一张经典图片，可能很多人都看到过，是一张不停跳着芭蕾舞的女孩在旋转，一个视觉上的把戏，不同的人看到的会是女孩从左右两边分别旋转。我想如果你正深陷感情中，可能也会突然有一种顿悟的感觉吧，这其实就是爱情。我们很多时候，都是在像陀螺一样不停旋转寻找着爱情的真相，转着转着就停不下来了，留给别人的是看起来美好，留给自己的却只剩下了不停错过。所以，如果爱情是一曲惊鸿舞，每个女子都该是聪明的舞者。

而每一个真实的女子，其实也都该是一个舞者。杨玉环用霓裳羽衣吸引了唐明皇，甄嬛用惊鸿舞吸引了雍正，你总不会以为灰姑娘使用水晶鞋吸引了王子吧，那也是因为舞蹈。

古人形容女人的美如"手如柔荑，肤如凝脂，领如蝤蛴，齿如瓠犀，螓首蛾眉""巧笑倩兮，美目盼兮"。但这远远还不够，敢自称美女，不但长得美更要活得美，随时随地都散发出美的气息。我认识一位舞蹈老师，年逾六十，但是每次在她面前都不由得自惭形秽，舞蹈不仅是她毕生的事业，更是她融入血脉的美丽。每次问及年龄，老师都大方地告诉别人，我今年才十八。十八岁和她的美丽优雅一样，已经定格在她的生命里。她以一种十八岁的姿态活得美丽，年纪真的就不重要了。

　　这位舞蹈老师不是我认识的唯一舞者，我还有一个好朋友，也是当年舞蹈系的高才生，获奖无数，可是在毕业那年她没有按照老师给她推荐的路，继续求学获奖，成为一名真正的舞者，而是和一直追求她的富二代结婚了。盛大的婚礼，让她成为了年轻女孩中的佼佼者。可是婚后，她就怀孕生子哺乳，我们再在那场盛大的满月礼中发现她的时候，她的体重已经足足增加了 25 公斤。大家开玩笑，她成了杨贵妃，也是，1.72 米的身高，70 公斤，虽然胖，但是还不失为一种丰腴，这种富贵相才配得上她现在的贵妇身份啊。当时她是一脸诚恳说停止哺乳之后，一定会减肥，可是接下来是她又怀孕了，又生了个女儿。儿女双全，更让人羡慕，可是此时她的体重已经是 90 公斤了。大家还是在满月酒上不停地祝福，这的确是喜事啊。可是她不开心了，婆婆送了她一栋洋房，再多的房子，她也只能住一张床。钱，她除了花在儿女身上，想买一件漂亮的衣服，再昂贵她也买得起，却再也穿不上；婆婆再疼她，她却已经很难再见到老公一面……她是胖，可是并不傻，她知道，每一次陪在老公身边外出的人都是他得力的女助手。像这样的豪门，她最不用担心的就是有人能撼动她的地位，有儿有女，豪门丢不起这个人，也赔不起这个钱。可是闲下来做什么？孩子渐渐大了，由保姆带着，婆婆说，你自己喜欢什么，做点什么吧。喜欢什么？老同学打电话，邀请她去看演出，她的眼泪就止不住了。那些曾被她承载的荣誉，都已经被同学们后来居上分割了。而她的"喜欢"，甚至她这个"个体"也早已失去了意义。我劝过她，不如从现在开始努力，她的底子好，又有钱又有时间，干吗不减肥瘦身，恢复成原来的样子，总有一天她可能还会在舞台上跳舞。可是她苦笑，总会有一天是哪一天？与其靠自己做这些无谓的努力，倒不如靠她的肚子。她又怀了第三胎，孩子是她未来生活最好的保障，至于自己，她已经放弃了，等她瘦下来，却已青春不再，要走的心，还是抓不回。

一个好女孩，就这样在豪门中失去了所有的梦想和追求。舞动，使女人更有魅力，可这仅仅是女人吸引男人的一个开始，而不是手段。舞蹈只有和女人的生命融合在一起，举手投足间委婉巧妙地表达。而她学会了开端却没有像老师一样学会结局。

踩着音乐优美的节拍，腰肢摇曳，手腕旋送兰花指，秋波转动，那是女人的喜、女人的忧、女人的甜、女人的苦。懂得舞蹈的女人，手脚会说话，衣裳会说话，眼睛会说话，就连眉毛，也轻轻诉说着她的玉骨、她的冰魂、她的美。你可以拒绝黄脸婆的唠唠叨叨，你可以逃避泼妇的河东狮吼，但面对这样诗意的语言，你挪不开步，转不了睛。能歌的女人，可以销掉男人的魂；善舞的女人，却可以蚀掉男人的骨。

趁着夜色还没有落幕，我在黎明的深处，独自对风踏步。如果知道绚丽的是罂粟的毒，我宁可一个人孤独，何苦为你飘雪起舞。滚滚尘世间爱恨悲欢不是语言所能解释，一切从花瓣般的双唇出来，都已黯然失色。女人，随着风而演绎。在舞里高山流水说知音、在舞里爱得缠绵、在舞里恨得决绝、在舞里笑得飞扬哭得淋漓尽致。长河落日、沧海桑田从永恒的旋律里走过，她的腰肢始终柔软，她的脸庞写着平静，她的霓裳绣满了妩媚，她的故事永远神秘动人，她们的骨子里有着最柔韧的坚强。

这是舞蹈带给一个女人无可替代的美丽。舞蹈让女人在旋转中冷静骄傲，不会再像陀螺，盲目追寻。如果有可能，我想建议每个女孩都去学习一下舞蹈。不只是我刚刚喋喋赘述这些舞蹈的优雅美丽和好处，我真心觉得，爱情就像舞蹈，都不可能速成，必须经历一段刻苦的锤炼，才能获得一点点的进步，但是这些还是不够，你必须依旧不断地练习，去保持技艺的不退步，你在练习上欺骗它一分，它就会在演出中报复你三分。爱情也是这样，我并不想诅咒那些太轻易获得幸福的人，相信我，他们背后肯定也有你所不了解的付出的辛酸，因为没有人会轻易获得幸福。所以，在获得爱情之前，你必须要冷静刻苦地"练习"，随时等待它的降临，不要把结婚当作感情最大的胜利，你要走的路依旧很长，依旧需要你用心去维系，把爱像舞蹈一样融入生命里，你才能在八十岁时依旧焕发十八岁的美丽和幸福。

第五章

慢一点回应，多一点爱恋

恋爱是一场心理战，谁能矜持到最后，谁能笑到最后。可是怎么办，我已经三十岁了，不是小女生了，还要那么羞涩吗？我已经失败过很多次了，好不容易又有男人约，还要迟疑吗？答案是，不管你是不是已经被人定义为了黄金圣斗士，也不管你是不是被男人拒绝了101次，如果你是女生就要永远保持你"慢"的节奏，稳住了，你就赢定了。

　　因为男人不会珍惜那些轻易追到手的女人，慢一点也是要给你自己一个喘息的时间。自己要以一个什么样的姿态出现在约会中……说白了，这些都是需要时间的嘛。

慢一点，不要先发出约会邀请

所谓祸从口出，你先开口，就表明了你对对方的兴趣，这就违背了恋爱的自然规律。恋爱就是要等男人约，等男人主动。如果你首先对男人说了话或给他发了短信，也就是主动迈出了第一步，那么你怎么知道他是否会主动来追求你呢？你不会知道——这就是问题所在！你不知道他是否会主动，你又怎么能判断，他是否对你感兴趣呢？

首先发出约会的邀请可能会让你觉得自己很女王，但是这种剑走偏锋式的投资，很可能马上达成所愿。这样最糟，因为如果男人拒绝你，或者不回应，至少表示他诚实地告诉你，你不是他的那杯茶。

可男人都贪新鲜又比女人更怕寂寞。如果他因为闲着无聊而回应你，或者因为不好意思拒绝，那就会给你一些错误的信息，即便他表现出对你很有兴趣，也可能只是逢场作戏。如果有一天他决定结束你们的关系的时候，也不要吃惊，相信我，这完全是因为你采取了主动。

如果男人对你感兴趣，他一定会在你们第一次约会之后迅速和你联系，或者制订新的约会。所以，你根本不需要主动给他发信息，如果你一直没有收到回应，那说明你们的关系已经 Game Over，有些事情不一定直说，面对一个对你不感兴趣的男人，即便你冒险说一句：谢谢！今晚很开心！改天再约！相信我，都无济于事。何必要把脸丢在明处呢？

奇怪的是，越是优秀的女人，越是忍不住犯这样的错误，因为在她们的世界里，她们是世界的宠儿，她们有高学历、高收入、高智商，这些都赋予了她们追求男人的权利，她们干吗像白菜一样等着男人来拣，可是爱情和你们遇到的所有课题都不一样，要是你们相对了，就不会坐在这里听我喋喋不休了。

可是那要怎么办，你和他约会，你对他有了好感，你的脑子里已经都是他的影子了，你抑制不住要发短信了，要么剁掉你的手，要么有个简单的办法，把他的名字换成"不能发短信"，是不是奏效了呢。那就转移视线，比如和闺蜜逛街、上淘宝、看肥皂剧，无所事事会给你太多的时间去想入非非，想来想去就会让人误入歧途。

慢一点，不要主动与他调情

他已经主动制订了约会，你也欣然赴约了，那是不是就已经等于你默许了他心中的想法呢？是不是你就可以大方地表达自己的情感，给对方暗示，你已经成为他的囊中之物了呢？"天真无邪地"坐到或站到他的身边，或者走到他的身旁，或者向他暗送秋波难道不是相当友善的行为吗？如果你真那么做了，我只能说，Get out！你已经出局了。你就算再想男人，也给我忍住了。

你无辜，你心里明明已经认可了，怎么办？其实我也不是让你假装矜持。首先，绝对不要主动先说暗示性的语言，比如黄色的段子。我有个女友偏好在大庭广众之下化身为黄段子专家，尤其是有异性的场合，她百无禁忌，舌灿莲花。当场就有男士摇头："不听，不听，我是未成年，听不懂这些。"你以为他这是开玩笑，那你就错了。其实这位男士已经非常反感，面对此女的言语暴力侵犯，他只好含蓄地抒发不满。所以，女人要自知，并非所有男人都对异性的挑逗毫不设防，相反，无分寸的调戏只会令自己迅速树立起轻浮女的形象。何必呢，痛快了一时，却一世形象尽毁。

其次，不要在动作上有所暗示，拿水杯，拿刀叉，手都利索点儿，千万不要碰到对方的身体，你不小心的一次触碰会让男人想入非非。我曾经有一个女朋友去相亲，饭局上两人都相谈甚欢，散场上车时，女朋友因为接到一条人力资源发来晋升通知的信息，情不自禁和男人拥抱了一下。她并没有意识到太多，可是男人却把这个拥抱当成了某种暗示，不肯放手，最终两人竟然在停车场大打出手，终结了这个尴尬的误会。

以上这两个小故事告诉我们，第一，男人并不是对女人的挑逗永远照单全收；第二，男人，大多秉承着有便宜不占王八蛋的宗旨；第三，不管女人是否主动挑逗，男人依旧只会对他们心仪的女生发出主动攻势，而你最终只会沦为娱乐项目。你一定不止一次听过男人在第三者事情败露后的狡辩，是因为难拒女人自动献身的诱惑，冲动犯错。

你也许很想知道，如果你不坐到或站到他的身边，或者向他暗送秋波或对他微笑示好，他怎么会知道你很喜欢他呢？男人是不需要你拍拍他的肩膀告诉他，嘿，我真的很喜欢你哦。但如果他一直保持沉默怎么办？如果他属于偏被动型的话，难道我就不能坐到他的身边吗？不！我们已经发现，即使是再害羞的男人也希望能够在女人身上找到自信，给他点时间，他一定会找到办法打开局面，及时为了引起你的注意而面红耳赤。

不光是克制自己主动示好，你还必须取消所有为了引起他注意而设定的打情骂俏，而且你实际上应该采取完全相反的行动，假装根本没有注意到他，仅仅是来参加一个派对，仅仅是来吃一顿晚饭，把你的目光投向窗外或者是一碗罗宋汤，来隐瞒你认为他帅得让你停止呼吸的事实。它也许已经完全写在你的脸上了。如果他注意到你正在注视他，他就会知道你很喜欢他。他也许会觉得你是"唾手可得的"，从而对你丧失兴趣。

这不是危言耸听，你至少也应该听说过无数的女人整个晚上站在男士身边、希望以此来引起他们关注的故事。这种行为有时会导致一次或两次怜悯性的约会，但最终都是男人发来短信，只是为了勾引她上床，或者是要谈论另一个不愿意与他约会或欺骗了他的女人，他心里压根没想过给这样的女孩机会，这肯定不是你的初衷，你只是想要再主动点，找到自己的爱情，那么就拿出个寻找真爱的样来。

最终，姑娘不管你们是不是已经开始约会了，都请你慢一点，如果男人对女人有好感，已经吸引了他最大的注意力，他会觉得你即便嘴上粘了颗饭粒，都那么可爱。如果他不喜欢你，你做再多的事情都是徒劳的卖弄。

慢一点，让自己先离开

好吧，你一切都听了我的，你没有主动打电话给他、没有主动发短信、没有主动发起话题，一切都是他在主动，你只是做了一个细心的聆听者。可是他真的太会说了，太有魅力了，完全无法抑制自己对他的仰慕，好想再听一会儿的女孩们，赶紧，给我转身离开。

男人的雄性激素需要不断地用仰视来刺激，你越是聆听会让他沾沾自喜，膨胀到忘了天高地厚。别怨别人，都是你们这些感情充沛的女孩子给了他们太多的自信与自负，让他们觉得爱是一件很容易的事情，只需要那么一点点花言巧语，就可以轻易攫取你们的心。

只可惜，此时的你并不自知，依旧沉迷不已。你甚至开始幻想和他在一起的未来。憧憬和他一起变老的永恒，甚至决定给他做一辈子的饭、洗一辈子的衣服，想做那个他生病了守在身边的那个人，Stop，你该清醒下了。

这样的男人是有毒的，初涉情场的你，根本不是他的对手，即便是久经情场的女子，也要多几分防备之心。当你徘徊在爱与不爱之间的时候，请先将你那颗为爱狂热的心冷却下来。

　　如果你先对他付出了感情，一般情况下，暗自窃喜的是他，你在这个时候，往往什么都分不清，他在你的眼里简直就是一切，他的一句话，哪怕是谎言，对你来说都是真理，悲催的是，他并没有在这场感情中，投入一点情绪，甚至是透明人，心不在场。对他来说，只要有与生俱来的花言巧语的本领就足矣，别的都是多余的。

　　他是个滥好人，他有一张涂了蜜的嘴，他在感情里是高手，什么爱与不爱的对他来说都是些没有营养的问题，对你的承诺不过是无数次后的重播。"爱"对他来说，保鲜期超短，当他不愿再维持这种状态时，会用各种借口搪塞到你受伤致死。所以，当你清醒地意识到这一点时，请转身，让自己先离开。

　　附加外卖：这样的男人非常具有迷惑性，不喜欢实质付出，只知一味索取，你不及时离开只会败坏自己的好名声。

慢一点，不要太早投入

"追"真是对男女关系一个非常形象的词。恋爱的全部乐趣也就在于，你追我赶，若即若离的情趣。所以，当你和他相识之后，别管心里有多乐意，请别把自己投入得太快，更别太早把自己以女友甚至是准老婆自居，这种你自以为是的爱好，会像一阵龙卷风，刮走他对你的全部幻想。

我认识一个小师妹，特别单纯的女孩，二十二三岁年龄，在镜头里几乎还能看到她皮肤上的绒毛。我不是变态的外貌协会，但是相由心生，从她吹弹可破的皮肤就看得出她的内心是有多纯净啊。可是这么单纯的一个女孩却没有白裙子、帆布鞋一样干净单纯的爱情。

这样的小女孩，想想都知道是男人们垂涎的尤物，出水芙蓉般的纯净，谁不想据为己有。刚一开学，小师妹的情书就纷至沓来，可是最后，她选的男朋友却让人大跌眼镜。那时候她把我当自己姐姐一样无话不谈，找了这样的男人，我看见都恨得直咬牙，男人是高他两届的体育生，我就亲耳听到过，男生和别人吹嘘：我就说她特别好追吧，不费吹灰之力。

这个小师妹也真是好追，我就从来没听她说过男生给她送花、买礼物，甚至在宿舍楼下唱情歌也是好的啊……唯一浪漫的事，就是在一个下雨天给了她一把伞，两人在雨里走了一段，走着走着，很自然就牵手了。我看她一脸甜蜜，真恨不得抽她几巴掌。一把雨伞能搞定一段恋爱，这根本就是电影里的情节嘛，而且还得是为了赶进度按秒算的微电影情节。可是小师妹背后也是有故事的，小时候妈妈就是在一个雨天离开她和爸爸的，她和爸爸在大雨里使劲喊，妈妈也没有回头，所以，在她心里一直有个结，那个在雨天为她撑伞的人，就是能让她心里温暖的人。

开始简单，过程也不会复杂到哪去。圣诞节没有巧克力，情人节没有玫瑰也就罢了，男人每次训练前，她都像个老妈子似的，熬汤做饭，补充能力；训练之后，臭袜子、脏衣服一扔一地。没几个月，小师妹就没有了校花的模样。我劝她，可是她却是个死心眼儿。我给她讲，小时候我跟妈妈要一个洋娃娃，妈妈觉得太贵怎么都不肯给我买，妈妈提了很多要求，我都一一做到了，她实在没有借口，只能给我买了。前几天收拾旧东西，比起其他的玩具，这个来之不易的洋娃娃，是唯一的幸存者。小师妹不是没听懂，只是很小声说：我也不是洋娃娃。

我想，她内心不是不懂吧。她从来没有在和男人的恋爱中提出过要求，真的就乖巧得像一只小白兔，可是男人就真的吃定她了。有一次训练的时候忘记带球鞋，一定要让小师妹送，那一天也是一个大雨天，根本打不到车，小师妹就穿着高跟鞋走了半个小时，走到了训练场地。男人完全没有顾及到她的全身几乎湿透了，只怪她来得太晚了。

她的眼神再温顺，也能感觉到背后有一道犀利的目光，直戳她的脊梁。

后来，她不止一次发现男人和那个女孩在一起。开始，他还解释和掩饰，后来就几乎公开了，最恶劣的一次，竟然使唤小师妹去帮那个女人买东西。这是正常人都无法理解的情感状态。可是对于小师妹，却是一份不能割舍的"温暖"，就因为那个男人在雨天为她打了一把伞，就因为那一刹那的温暖，她甘愿搭上自己的快乐。再后来，那种逆来顺受几乎成了她们相处的方式，因为没有被宠爱，所以她便习惯了去宠爱他，因为没有被照顾，她便努力去照顾他，因为没有被珍惜，她反而更加去珍惜他。只是希望，最后能把这种不确定的爱抓在手里，哪怕只是一个躯壳。

值得吗？爱情就是一场赛跑，总要有一个人跑，一个人追。跑的人不一定会眷顾，可是追的人却必须要追赶脚步。我的小师妹就甘愿做一个追随者，直到后来，因为劝她和男人分手，她和很多人都断交了。毕业后我也少和她联络，直到最近才听说，她最终也没有和那个男人在一起。她为了去看男人的比赛，意外遇到车祸去世了。

她是一个那么单纯的女孩，只想用自己最好的爱去换取别人的爱。她以为爱就是对等的、公平的，可是她错了，她以为她付出总会有回报，她以为她伤心总会有人心疼，她甚至以为她死了总会有人记得吧。可是心疼她的、记得她的，都不是她最想要的那个人。人心虽然是肉长的，可是有些人的心却是冻肉，怎么也暖不了。尤其是在你太早接受他的好，太轻易接受他的爱，他更会像小孩子扔糖果一样，把你扔在一边。

慢一点，不要太早下定论

记得父母那一辈，恋爱许久，也只会将对方称为"对象"，即便结婚很久，也只会含蓄地说"这是我爱人"，可是这些词如今像老皇历，早被翻过去了。很多早恋的中学生都会奶声奶气地叫一声"老公""老婆"，也正因为是发生在无知的少男少女身上，我们都可以一笑了之。可是你也有样学样，早早把对方认定为终身伴侣，那么恭喜你，你已经获得了一个最快与男友分手的捷径。

妞妞的性格本来跟她的名字很不一样，大大咧咧的像个假小子。可是后来处上了男朋友，突然转了性，每天一到了中午就给男朋友打电话："老公，今天晚上你吃什么？"收到礼物会非常幸福地说"我老公送的"。晚上下班，总是说"老公来接了"。后来，他们像很多情侣一样，吵架分手了。再后来，就是她说起这段感情，有三件事情最后悔。

第一件事情是办公室里有个老大姐，她侄子条件一级棒，家室、学历、样貌样样不差，唯一的缺点是家教甚严，上学时根本没谈过恋爱，毕业后家里又觉得外面的女孩太轻浮，不让他乱交朋友，可是老大姐偏偏相中了妞妞，一心想要度过观察期，替侄子做这个主。

可是这边，妞妞突然一口一个"老公"，老大姐只叫惋惜。开始妞妞还不以为然，分手后，才越想越不值，要是真和老大姐的侄子交往试试，也许早就当媳妇做娘衣食无忧了，何必还在我这寻找情感安慰。

第二件事是有一天妞妞回家，小区物业一把拦住了她："张太太，你家的物业费该交了。""谁是'太太'啊？"那时候妞妞虽然在热恋，希望能够嫁给那位张先生，可是突然听到"张太太"还是如临大敌，感觉自己老了十几岁，马上成了黄脸婆。

可是这两件事加起来的杀伤力也不及第三件事对妞妞的打击大。妞妞和张先生分手后，足足有两年没有恋爱。失恋毕竟不是中状元，没办法敲锣打鼓告诉所有人，可是自己"非君不嫁"的豪言早就在朋友圈传扬开了。有"老公"在身边，男人不敢追，女人不敢介绍男朋友，妞妞不知在心底咒骂过朋友多少次——损友，损友，见死不救。可是要怎么救呢？你不好意思像当初介绍自己的"老公"一样，告诉朋友们自己失恋了，明知道你早已名花有主还要破坏好事，那才是损友。换作是我，可能早就不停地问，到底什么时候吃你们的喜糖啊？那才是真正揭你的伤疤呢。

大难不死，必有后福吧，两年之后，妞妞终于恋爱了。妞妞恨不得仰天跪拜，老天有眼啊。终于有男人追她了。恋爱，从来不会太晚。有了时间的沉淀，有了经历的感伤，妞妞终于学会了享受恋爱的温暖。她不再轻易把自己交给对方。

有一次，男人问她是否可以养她一辈子的时候，妞妞的回答竟然不是火急火燎地答应说好，而是幽默地回答"是不是都是这一餐的标准啊？"会顾左右而言他了，妞妞心里虽然想答应一百次了，可是还好，忍住了。这位男朋友，苦苦回味了一夜，直到第二天，才敢问妞妞到底什么意思。这次妞妞笑而不答，男人更是心慌慌……

最后的结局当然是大团圆，因为女人都是天生的猎人，她们有能力将男人围捕在股掌之间，只是常常因为迷路，成了别人的猎物。只要有足够的时间，她们就能找回应该走的路。

慢一点，不要太早迷乱

我一直很好奇，什么人写的那首歌"找个好人就嫁了吧"，嫁人到底跟好人有什么关系，又有多大关系呢？如果说这个世界上只有男人和女人，那么对于女人来说，他不仅要是个好人，更应该是一个好男人。而好人和好男人之间还是有着本质区别的。

西米最近就觉得自己转了运，上天竟然赐给她一个好人做男友。

单身了三十多年，双十一都默默过了几个，我也不止一次听过西米信誓旦旦地说再也不相信男人，再也不想找男朋友了，干脆一个人过下去算了。可是每次她又都擦干泪，唱着"这点痛算什么"，赶赴又一场通往婚姻的盛宴。周而复始之下，西米成了圈中有名的恨嫁女，可是越恨嫁，就越是找不到合适的人嫁了。这时候好人出现了。

首先，好人是个孝顺儿子。单亲家庭，母亲一个人把他拉扯大。第一次见面，两人相谈甚欢，可是时间到了下午3点，好人却像坐了南瓜车的灰姑娘一样，说自己必须要走了，因为跟母亲约好了，每个周末的晚上要一起去看姥姥，风雨不改。西米本来就有好感，心里马上又加一分。

其次，好人是个好朋友。第一次约会的时候，好人就和西米讲过自己是个特别重感情的人，家里一条狗，养了九年了，死了之后自己竟然情绪低落了一个月，甚至需要用一场旅行来抚慰自己。有一次朋友跟他借钱，他刚好当月也手头紧，还是他跟别的朋友借的。

另外，好人还会做很多家务。因为单亲家庭，好人成熟特别早，很早他就要帮妈妈承担一些家务，洗衣服做饭收拾家务肯定不在话下。现在的社会男人当大爷还嫌不够呢，能准时回家吃饭就不错了，还能找到一个会在家里做饭的男人，真是撞大运了。

最后，好人还会心疼人。小时候，冬天天黑得早，他就会到楼下去接妈妈回家，他是小男子汉，要保护妈妈。看见妈妈的辛苦，他觉得自己绝对不能做像爸爸那样不负责任的男人，女人太不容易了。

听西米讲的时候，我就忍不住摇头。"你确定要这个男人？""那首歌怎么唱来着，找个好人就嫁了吧，这么好的人，打着灯笼都难找，干吗不要？""你确定不要再考虑？""这把年纪了，再考虑，黄花菜真的就要凉了，我可不想再一个人过双十一了。"

好吧，我还能说什么，她已经那么笃定，谁能硬去拆散一对鸳鸯呢。可是姑娘，你真的不觉得哪里不对劲儿吗？

西米的婚礼前两个月，我接到了西米的电话，先是一愣。该死的，我俩完蛋了。可是接下来，我就明白了，其实她的好人还是像我最开始担心的那样发展了。他孝顺，所以事事都依着他妈妈的意思，甚至连窗帘的花色都是必须她妈妈喜欢的；他讲义气，竟然把她计划买进口家电的钱借给了哥们儿还赌债，还偷偷给她订了一套国产家电。

西米哭哭啼啼，早知道这样，就不该答应他求婚，早知道，我就该找个没妈的男人。我自然一边劝西米想开，也想告诉她，诸如此类的事情，其实她早该知道。好人和好男人是有着本质区别的。她不是不知道，可能只是不想知道。她理所当然地相信了那句话——找个好人就嫁了吧。好人也分很多种，不是所有好人都适合当丈夫。

所以，剩女是不该恨嫁的，因为恨嫁会让你自欺欺人，心中认定要赶紧找个人嫁了，明知道他有百般不如意，可是却是一个很好的结婚对象，便像"切水果"中了迷魂炸弹一样，全然什么都看不见；或是自欺欺人，他会改的，会好的，到头来，看看那些哭着离婚的女人，哪个不是说"早知道……我就"，其实，你早就知道，何必要作茧自缚呢？

慢一点，不要太早开口

像我这样的懒人，最受益的科技发明就是"听书软件"，更欣赏那句广告"倾听是一种力量"。善谈，是一种能力，而倾听更是一种力量。

我并不知道那是一部名著改编的，只是因为凯特，所以看了《朗读者》，如果抛开电影深入探讨的人性的自私，我更喜欢的是爱之所致，凭借着声音，就足以忘情。

虽然电影里所凝聚的空间有限，但可以想象，在米夏与汉娜偷情的许多个下午，他们不会有太多的情感交流，除了朗读和倾听。米夏的朗读，让汉娜用耳朵走进了许多不同的世界，汉娜的倾听，让米夏用崇拜找到男人的力量。他们本来就应该是天生的一对，在动荡的岁月里彼此依偎取暖，还需要什么呢？爱情，有知己、有依靠、有希望……可是他们唯独没有希望，无论是他们在相爱的日子里，还是汉娜因盲目认罪被审判的日子里，希望对于他们来说都是奢侈品，只有朗读和倾听，才让他们忘记身份，忘记伤害。

这不能算是一部爱情电影，它就像一颗新鲜的洋葱，每一层都有一个意义，最后，在所有深奥的哲理的感性的皮都一层层剥掉后，那个空空如也的心就是爱情。因为整部电影中，根本算不上有爱情，那只是情欲逃避和欺骗。是什么支撑一个女人在那样的环境中偷偷地爱，偷偷地活？是朗读与倾听。

如果你已经在短短的交往中，说了太多的话，不管是不是一流的演说家，又或者有着口吐莲花的本事，也别忘了，沉默是金。即使你们都很渴望能互相了解，也用不着急着就将一生的经历如数家珍般道出，沉默往往是女性的魅力之一。或许你自诩精灵古怪的黄蓉，生性活泼开朗，但是郭靖也是要到很久之后才一点点了解到黄蓉的身世和那个独霸武林的爹吧。活泼的姑娘也不妨学学沉默是金，不妨看看这部《朗读者》，在沉默中，用心去体会爱。

言多必失，在恋爱中尤为重要。

第一，说得多，并不一定总能把握住良机。如果他因为今天错失客户苦恼，你却一直在旁边说着你今天如何看中了一件衣服、如何想看刚上映的电影、如何想吃三文鱼，他的一个头早就有两个大了，所以，他并不一定会开口回应。你还没有察觉他的神色，不停地问，怎么了？怎么了？他实在忍不住，说了一句重话，于是你生气了，他哄你，告诉你他心情不好，你不依不饶，心情不好关我什么事啊……你们的战争由此拉开。

第二，说多了，你们会失去彼此的信任。你们两心相许，你把自己的家底和盘托出。你老爸是局长，你妈是董事长，他们早给你预备了一套三环内的两居室。你无心之说，他无心之听。可是有一天你们吵架了，因为这个那个，他一句，你现在怎么这么任性？你一句，我怎么了，我一直都这样啊？当初你要不是因为知道我家里有钱，能一直迁就我，现在什么都给你了，你倒好，脾气见长了？你又是无心之说，他却受伤至深。

第三，说多了，未必是彼此爱听的。你从小父母离异，爸爸有了外遇，你恨透了所有当小三的女人，你说起的时候咬牙切齿。可是你还不知道，你未来的婆婆也是一个"小三"，此言一出，无可挽回，你再怎么弥补都修复不了你已经在他记忆里留下的裂痕。

交往虽然是双方的事，但是姑娘，我可以负责任地告诉你，话多的那个，就是先被看透的那个，人已经被看透了，还有什么交往的价值呢？留点神秘和想象的空间，远比一颗透明的心更能让对方着迷，而你也更能体会到为人瞩目的幸福感。

慢一点，不要太早要他的礼物

江湖中一直传闻，十多年前，某女明星与江湖大哥一夜风流，事后，大哥为表心意，拿出一张空白支票，让她随意填写。可谁知这女明星真当大哥是凯子，在"1"的后面一连写了七个"0"，这可惹恼了大哥，遂起了江湖追杀令。即便是多年以后，女星已经嫁作他人妇，依旧引起轩然大波。这一段风流韵事，不管是真是假，对于旁观者其实就是一段茶余饭后的谈资，对于当事人也不过是冷暖自知。

但是这个故事却告诉我们，就算你美艳如女明星，就算你的男友阔绰如江湖大哥，也别把谁当傻子。礼物是促进彼此感情的量化表现，更是衡量男人钱包的标准，更是女人格调的直接反应。

如果带他到商场，并且在那些全是英文字母品牌的店里，告诉他你喜欢这个或是那个，那么就尽管挑个贵的来吧，因为这将是你们最后一次约会。不管男人多么有钱，他都不会喜欢女人告诉他如何花钱，这既无法满足他雄性荷尔蒙的满足感，又无法感受到女人接受礼物时欣喜的快感，大部分男人都会喜欢娶有见识的女人做老婆，而不是找那些从一开始就抱着要找长期饭票态度的女人。所以，如果你想和他真心交往，那么别太早把目光盯在他的钱包上。

如果他带你去商场，你却挑了一只毛绒熊。男人心里也乐得开花，也许你以后的礼物也不会超过这个标准多高了。你的天真好哄，你的坦白的品位，都让他了然于心，你们之间的关系也就像这只小熊一样，变成了主人和宠物。

那么恋爱中到底要不要接受男人的礼物呢？当然要。你不要他的礼物，他怎能知道你已经接受了他。礼物就是他的替身，你接受了他的礼物，就表示你们的关系已经不再陌生了。关键是你要接受什么样的礼物，在什么时间接受他的礼物呢？

首先从时间上来说，不要在约会的前三个月过早地接受礼物，更不要频繁地接受礼物。当然这个期间有诸如圣诞节、春节、你生日这样的特殊日子除外，不要在情人节、七夕节接受礼物，这表示他用一件礼物就已经锁定了你们的关系。

不要一开始就接受贵重的礼物，礼物的意义在心意，但是如果在金钱上超出了标准，那就等于在意义上超出了礼物。不要接受太廉价的礼物，从一开始就冲淡了你的品位，很难再改变你在他心目中的形象，也会给他留下随便的印象，不会在挑选礼物上用心。

另外，还要注意你的态度，表现出太多兴奋，显得整个人没有见识，人家送你一盒巧克力你就笑出花，人家要是送你颗钻石，还不都乐得忘了自己是谁啊？多丢人啊。更不能在拿到礼物前后变化太大，一下子就奠定了你卑微的地位。态度太冷淡，也不合时宜，人家精心挑选的礼物，你拆包后不过冷冷一笑，不求你心存感动，总得态度明确是喜欢呢还是不喜欢呢？还是哪里不合心意呢？人家的礼物买不来你的笑，也不能买你一张板着的脸啊。那么，怎么办呢？难到了，其实礼貌地笑笑，真心说一声"谢谢，我很喜欢"就足够了。不卑不亢，不喜不悲，别让男人通过一件礼物就过早地看穿你。

如果男人执意要你挑一件礼物，千万别以为自己捡到宝了，这才是真正的大考验。如果男人带你走进首饰店，别挑那些闪亮的，俗气又贪财，最好选择一件银饰品，告诉她，你最喜欢银饰的古朴简洁，整个高雅气质也跟着跃然纸上。如果他非要送你一个皮包，别去那些动辄成千上万的品牌店，带他去一家本土原创品牌，告诉他你支持国货。再不然，挑一个旋转木马音乐盒，告诉他旋转木马是每个女孩子的梦想，骑上白马等待王子……明白了吗姑娘，别中了他的套，甭管他有钱没钱，大小姐不稀罕，千金难买的是你乐意。给自己选的礼物一个理由，即便是街边的臭豆腐也能立马高大上，如果你一时还学不会，那么多看几遍中国好声音吧。

慢一点，别去他的网络空间

相爱的两个人，似乎彼此的界限就不那么分明了，亲密时，似乎有点你中有我，我中有你的意思。同用一张卡，同吃一碗面，恨不得成连体婴儿。这时的你甚至想更进一步拥有他的全部，以及他的网络世界所有权。

而我，只想对你说一句：慢一点，你最好先不要动这方面的小心思。

要知道，一旦进入他的网络空间，就如同打开了潘多拉魔盒，你根本无法预想究竟会发生些什么。

要想先弄清这个问题，你就要知道网络中的男人最想干什么？

其实，网络中的男人分为好几类，无害的那一类男人上网只是为了工作，聊天也是为了赚钱，与客户沟通是他生活中的一部分，这样的男人简直是网络中的极品，可以说是物以稀为贵。你去了他的空间，可以说是"身世清白"，对你们的感情丝毫不会有所影响。可这样流连网络世界的男人实在是少之又少，你赶上的概率又能有多少？

稍次一点的男人，上网不完全为了工作，而是用在闲暇时间解闷的，大多数也是想找个红颜知己填充寂寞。他们持着一边工作一边聊天的心态，有时甚至会和几个美女同时聊天，言语间的暧昧实属正常，可是，这时的你恰巧进入了他的网络空间，见证了他过去的"足迹"，看到他那些与其他女人肉麻的话，你的恋爱心情无疑大打折扣。

更巧的是，你们就是在网上认识的，你甚至也和他经历了一段网络上的交往。知道了这一切，你是不是对你们的感情有了一点气馁，那最初的好奇心早已化作一枚鱼刺，如鲠在喉。

接下来，精彩的来了。网络坏男人登场了。

在你们的接触中，他是一个彬彬有礼的男人，甚至有点腼腆，可是，当你无意中进入他的网络空间时，你会突然发现，他完全是另外一个人。他居然在和你交往的时候，还在与另外的女人交往，交往程度是同星级，脚踏几只船却深藏不露，这个真相让你目瞪口呆，遇到这样的情场高手，你除了感叹遇人不淑，剩下的就是分手的节奏了。

最奇葩的是这最后一类男人。他居然是在网络里享尽视觉盛宴的男人，他的动机简单明确，就是为了猎艳，他在网络里演绎的正是人人唾弃的那种"网海茫茫梦一场，情字猝成两三行"的悲情狗血剧。不幸的是，你正是剧中的女 N 号，他喜欢与美女视频，说令人脸红心跳的情话……你觉着这一切污染了你的眼球。于是，你和他争吵、愤怒分手，看看，这一切都是你闯入他网络空间的后果。

当然，以上几种情况，都是我们假设情境中的男人，是你一旦进入他网络空间的各种猜想。而事实上，我希望的是你在没进入他网络空间前止步。

我们总结一下，喜欢上网的男人大部分还是正常心态，大多数男人都是色而不淫，很多聊天的背后不是暧昧，而是调侃，遇到奇葩的毕竟都是小部分不法之徒。我们别以爱的名义做"网络警察"。在你们没有结婚前，最好别去掌控他的聊天密码、手机密码，就算是结婚了，他的聊天密码和手机密码都不要去掌控。

最重要的是，信任是爱的一部分，你连他都不信任，还能拿什么全心全意去爱他？

慢一点，不要主动先接近他

　　很多女孩子看到有眼缘的男子就会主动向对方示好，即便你有天真无邪、清纯如水的外表、高雅的气质也不见得就能得到对方的青睐。相反，他会觉得你不够自重、不够矜持，你的暗送秋波和主动搭讪，都会使你们的相遇减分。你试图引起他的关注和主动的小暗示其实都是在浪费时间。

　　在爱情的游戏规则中，女孩子是需要被关注的那一方，也就是说，男人是那个率先吹起追求号角的一方，如果你不知道这一点，那么你的爱情就没有开始的可能。

　　酒吧，是年轻男女最喜欢流连的场所，这里也常常是速食爱情的开始地。遇到心仪的男子，很多女孩子会主动走上前去让对方为自己买杯酒或是借口有火机吗借用一下，这样的开场白多少有点情色在里面。这是一夜情的前戏，并不是完美爱情的开端。

　　我听过很多朋友说过她们在酒吧试图引起男人注意的故事，而其结果是在一两次约会过后，就没了下文，而且这种约会大部分都是以上床为目的，而不是想让你成为他的女朋友。试想，哪个男人会找一个爱泡吧搭讪的女子为妻？即便你调情搭讪的方式很特别，能让他瞬间心动，最好的结果不过是，不只是朋友，还是一辈子的情人。而身边人妻，自然还是温柔贤淑，让你望尘莫及。其结果，他仍然会找一个他主动追求的符合他标准的那个女孩子做妻子，而不是你，这就是事情的真相。

好吧，我换个场地——健身房，这里也常常是男女间容易滋生感情的所在。看到那个健硕英挺的型男，你主动站在他正使用的健身器材旁，装嗲求他教你如何使用，即便你身材妖娆动人，却忽视了他被打扰的不爽与不耐烦。或许你拥有了一大段与他单独在一起的时间，可最终他也不会把目光真正投向你，他还是会找到他喜欢的那类女孩子，并主动教她使用器材和她聊天。他们甚至彼此交换了电话，这时的你是不是很有挫折感？因为你的愚蠢不仅表现在对器械的不熟悉，还表现在你对男人的不了解。

所以，在这样的场合，如果你看到了喜欢的男人，一定要等着他主动走到你身边，你可以走到他附近的健身器材去做运动，让他注意到你。但是，千万不要先主动与他说话，否则，你就只有看着别人去幸福的分儿了。

很多时候，很多女孩子见到自己心仪的男人就会花点小心思靠近对方，其实这也是在浪费时间。就拿在动车上来说，你觉得坐在隔壁座位的那个男人很帅，于是，就费尽心机和别人调换了位置，可是他居然连头都没抬一下，只顾看着手机。即使你坐在他的身边，他依旧旁若无人般沉浸在自己的手机世界里，你是不是很失望？

还是别花那些心思进入他的视界，而事实上，男人要是对你感兴趣，他根本不需要任何帮助，即便隔着过道他也会想办法与你接近。他会主动走到你身边，找个借口坐在你的身边，他的表现会非常明显，他的脸上会挂着浅浅的笑。你丝毫不用为他的行为有所困惑，他的目的就是那么明确——为你而来。

所以，当你没有搞清情况时，就不要轻易开始一场本就不属于你的恋情。

或许你会质问我，之前在健身房那段你还告诉我要制造机会，为什么这里就不允许。你会说，不靠近他、不接触他、不对他示好，你怎么知道他不喜欢我呢？事实是，你的主动，还是违背了男人的挑战心理，男人喜欢用自己的方式行使追爱的权利，他要是对你感兴趣，会走过来主动要你的联系方式，而不是看着你时不时地暗送秋波。

在聚会上，你也要保持这种态度，即便你喜欢了对面的沉默男，你要表现得比他还要沉默。他要是对你有感觉会主动找机会接近你，你需要做的就是克制自己，不要为了引起他的关注而表现得异常活泼，试图吸引他的目光。

甚至，你更应该在他注意到你的时候，表现得淡然一些，把目光投向另一边，或者与周围人聊天，切记声音不要太大，只要表现出注意力没在他这一边即可。不要让他觉得你是个很容易追到手的女孩子，而让他丧失了追逐的兴趣。

所以说，女孩子要有耐心去等待，聪明女孩不会采取主动，也不会如此浪费时间。你也应该这样去做！

慢一点，不要先邀请他去任何地方

见到他的那一刻起，你就把他当作了真命天子，茫茫人海中与他相遇，简直就是上帝的安排，于是，经过简短的交往过程，你就开始迫不及待地想把他介绍给每一位认识你的人，亲戚、朋友、闺蜜，甚至是街坊邻里，恨不得让全世界的人都分享你的喜悦。

似乎只有这样做，才能宣示你对他的所有权，似乎只有这样做才更能拉近彼此间的距离，从而进一步确定你们的恋情，殊不知，你这么做，你的冒失先行会吓坏了他，你的急功近利简直让他窒息。

在与他交往时，女孩子最好不要做主动的那一方，绝不做先行的那一方，这一点很重要。不要因为爱，而迷失了自己固有的圈子，也不要刻意改变自己的生活规律，他的确是你生命中很重要的那个人，你要有足够的耐心去经营，你的主动邀请对他来说简直就是"侵略行径"，爱是静水深流，切不可操之过急。

在你主动邀请他去你想去的地方之前，试问，他可曾先邀请过你陪同出席这样的场合？或许你们只是共同经历了几次吃饭、看电影、喝咖啡，那就不要有邀请他出席任何诸如音乐会、球赛、同学会等行为。因在他看来，这些都是关系深化和正式化的前兆。他会有心理负担和对交往的犹豫。如果你真的需要一个陪同者，那就请找你的同事或者闺蜜，别轻易动用他的念头。

如果你想参加闺蜜的一场婚礼，想要邀请他作为你的伴儿前行，我劝你在发出邀请之前，想下他是否也这样邀请过么？如果没有，你最好还是换个人前往，这么正式的场合对他来说还是有点太早。换个角度，你是否就真的认为他就是你要嫁的那个人呢？你这么重视他，他有互动呢？

我知道你很爱他，可是，在他没有正式对外介绍你之前，或是邀请你出席他的圈子之前，你最好还是忍耐一下。只有他把你带到他的生活世界里，才意味着他已经开始计划你们未来的生活了，而这之前，你切勿轻举妄动。

成熟理智的男人，会选择一个适当的机会让你出现，正式向他的朋友圈介绍你。他会按照他的节奏适时地让别人认识你，一般这个时间段会是半年以后，而不是短短的几个月就开始带你四处招摇，这不是稳健男人的举止。

在这交往期间，你一定要表现得淡定有礼，而不要像个女汉子一样把他像推销过季牛奶一样四处引荐。爱情需要远见，记得你需要的是一个终身伴侣，这是需要用持久的耐心换来的。你表现得越矜持，男人反而会越主动，要知道男人都喜欢挑战，喜欢追逐的感觉，你的主动邀请，就会破坏爱情的追逐法则。

女孩子不要主动找约见他的借口，把这个机会还是留给男人吧，你的主动不会给你带来任何好的结果。不信，你就尝试下，很多经验都显示，当你主动邀请他出席正式场合的结果后，就很难再收到他的任何信息了。即便是就短期而言接受了你的邀请，这也会给他留下你是一个热情的"进攻者"的印象，接下来呢，他就会消失。

所以说，在恋爱期的女孩子，要懂得克制自己的行为与举止，千万不要吓跑了他。

慢一点，不要因为他而重色轻友

有人说过，恋爱中的女人智商往往为零，这句话不仅指她们在爱情中容易迷失方向，也指她们往往为一棵树而放弃了一片森林，这森林在这里指的就是人际交往的空间。我们知道，爱情、友情和亲情是人生中不可缺少的三大情感寄托，缺失了其中的某一项，人生坐标都会倾斜。

某八卦网站曾做过一个数据调查，结果显示，有 60% 男性认为跟女友在一起更快乐，相反，更多女性认为与朋友一起更加快乐。可到底在男女中，哪一方会更加重色轻友呢？调查发现，63% 男性认为男性更加重色轻友，52% 女性认为女性更加重色轻友。

这样的结果会让人觉得男人比较重色轻友，我们从心理角度分析下，男人在社会中起着担当的角色，一旦有了心爱之人就会更加珍惜和保护，友情对他们来说就成了一种生活调剂。而女人的感情要比男人丰富得多，需要更多的出口去宣泄，所以，除了另一半外，对朋友的依赖就会更多一些，所以说，女人离不开闺蜜。因为，闺蜜是她们最忠实的倾听者。

记得一位母亲对出嫁的女儿说过这样一段话："不要忘记你的女朋友们，当你渐渐变老的时候，她们会变得越来越重要。无论你多爱你的丈夫，无论你多爱你将来的孩子，你将依旧需要你的女朋友们。记得经常跟她们出门，和她们结伴干点什么，记得女朋友们不但是你的朋友，还是你的家人。"这段充满深情和阅历的叮嘱，简直是那个女孩这一辈子的财富。

而事实上，结婚前，女孩子爱扎堆，结婚后便作鸟兽散，这是最实际的写照。结婚前，朋友大过天，什么鸡毛蒜皮的小事都会半夜起来煲电话粥，黏糊得像个连体人，结婚了，小日子过起来了，天天看着他都来不及，哪里有时间与你逛街、聊八卦？

可是，爱情固然重要，经营婚姻也真的需要用心，但你也要鱼肉兼得。要知道无论你在生活中碰到任何难题，闺蜜那里永远是你最好的疗伤场所，彼此间的心有灵犀，无须过多的语言解释。你们不但有着趣味相投的话题，使你们乐在其中。有时他不能读懂的心事，你都可以向闺蜜倾诉。她是你大吐苦水的对象，也是你实话实说的损友，在她这里可以瞬间找到理解和共鸣，这可都是他所不能给予的。

所以说，一个出色的女人，在一定程度上都需要拥有自己的私人空间。如果你拥有自己的朋友圈子，那么对男友或老公的依赖性就会更小。爱情也需要一个刚刚好的距离，才会让彼此更好地呼吸。

慢一点，不要着急回复他的短信

在这个人人离不开手机的时代，朋友圈、微信、短信更是成了信息传递中的主导，成了传递情感的交流工具。很多初涉情场的女孩子都会有这样的疑虑，收到他示好的信息，是不是要很快回复过去才是礼貌，或者保持矜持，干脆不予理会。

如果你不予理会，这是一种很没有礼貌的表现。对于他的信息，你不能表现出置之不理，或者是在几天后再回复，这会给男人一种你无法接近的印象。事实上，在第一次约会前，你不能留给他一个没有礼貌或不是很随和的感觉。如果他给你发了个信息，几小时内你都没有反应，你这么做，只能让他不再邀请你，你们之间就等同于没有了继续发展的可能。

什么时间内回复他第一次发来的信息，要根据情况而定。

如果他是在上午你上班的时间发给你的信息，那么，你可以在中午午休的时间给他回一个，这中间至少有 2 到 3 小时让你足够去考虑所要回复的内容，而不要等到下班或者更晚的时间，不然整个下午的时间你都会处于一种坐立不安的状态中，让别人觉得你心不在焉，不安心工作，而他也会觉得你一定是并不在意这个短信。

如果他是在下午给你发信息，那么建议你最好在晚餐以后再回复，他会觉得你是在晚上休息前无意摆弄手机后而发现了他的信息。有了这样一个合理的猜测后，他会很释然，也不会觉得你们之间的关系他完全可以掌控。

如果他在晚上发了信息，你最好在第二天早上再回复他，不要在当晚给他回复。这样第二天他收到你的回复，会觉得你是在上班的路上或者在出家门之前看到的，按照可以猜测的结果，他会觉得你是一个很守规矩的女孩子。

如果在周末，即大礼拜的前夕，你收到了他第一次发来的信息邀请，你就不必要及时回复，可以等到周日再回复，回复的内容一定向他表明，你很忙碌，周末计划早已做了安排，这都是合理的拒绝借口。他要想联系你，会继续寻找恰当的时间，如果没了下文，那么也证明你们之间没有继续的缘分。

以上这些，都是面对第一次他发来的并不着急回复的情境。可是，面对他需要立即回复的信息，你也要快速作出答复。比如，他已买好了电影票等你去看，或已订好了餐位等你一起分享，你都要及时作出回应。一方面是不要辜负对方的心意，一方面要礼貌地做出选择去还是不去。

如果他发过来的信息是：你还好吗？

你要及时回复：我还好，你呢？

这只是简单的问候，并不是什么邀请，你只需快速回答而已，没必要让对方等个两三个小时吧！重要的是你一定要把你们之间的信息交流限制在 10 到 15 分钟之内，没必要做大段时间的交流。或许对方只是闲来无事找个人说会儿话，或许他只是轻轻地试探，你就该速战速决。

这里需要注意的是，在他发来的信息中，表示邀请你外出，你不要主动提出你想去哪里，一切都要由他去安排，并且不要马上回复他的信息，要等几分钟，显示你在考虑，回复的字数也不要太多，最好不要超过他发来的字数。因为，太多的字数会给对方一种压力，显示出你心情的急切。也不要用啰嗦的语言回复，这样会让男人觉得你很容易被追到，你要用最少的字数表达你的意思，并显示很忙碌的样子，这样，他会主动想接近你。

还有一种情况，就是他发来想与你约会的信息后，与你确定见面的时间。回复这个信息的时候，你最好在半小时之后回复，这样显示你是个很谨慎的女孩。

如果你的年龄在二十二岁左右，并有了确定的恋爱关系，那么你应该在三十分钟后回复，也可以比回复你刚刚认识的某位男士时更为正常的速度回复，不过，你仍须保留几分神秘感，并做那个最先终结话题的人。

二十五岁左右的女人通常会忙于工作，并居住在自己的公寓里。她们有实际的工作要做，因此，等上一小时再回复某位男士的信息是完全现实的，让某位男士等上两小时也没有什么了不起的。二十六岁之后的女性不仅要忙于工作，还要忙于社交，但她们比刚刚毕业的大学生担负着更多的责任。因此，她们不可能整天回复信息。这时的她们需要视具体情况而定。

如果你连着几次回复信息都不是很及时，渐渐地，他就会有所准备，他知道你一定是因别的事情而耽搁。如果他乐意这样去想，去迁就你，那么，这个男人一定是很有耐心，还有，他对你一定是认真的。

当然，你也会遇到这样的奇葩，他只是和你发信息聊天，却并不与你约会，那么，你就没必要对这样的男人浪费时间。你只需干脆不回复即可，让他去找下一个傻瓜去吧！

慢一点，不要让他轻易找到你

女人对于男人的致命吸引莫过于神秘。有故事的女人总是让人忍不住去探寻。我记得有一个刘德华和郑秀文的贺岁片，片中，每一次刘德华和郑秀文相遇都会提出一个问题，可是郑秀文的答案永远是下次告诉后，就迅速消失在人海中。这样的女人，为什么又总能和男人相遇呢？不能不说，刘德华是在默默等在他们相遇的地方，制造下一次的偶遇吧。而你呢？是不是早就把自己的秘密都兴奋地告诉男人了？恨不得他第一时间遥控到你的方位？

在这个毫无隐私的世界里，如果一个男人想要找到你，他有一万种方法。如果他要对你视而不见，就算你站在他面前，他也会装作风迷了眼睛。

所以，聪明的你，不要让他轻易找到你。你的 QQ 明明在线，却不一定要回复他；你的朋友圈明明是在更新，却不一定要回复他；你明明每周三都会去星巴克，可是这一天你却没有出现，你一定要找个适合的欲擒故纵的方式与他若即若离，不要让他轻易找到你。要给他一种感觉：我还有别的事情要做，爱情并不是我的全部。

要让他为你保持一颗好奇心，小小地折磨一下，他反而会觉得很甜蜜。即便你闲得要命，在收到他信息的时候也不要马上作出回复，你的及时回复只会让他觉得厌倦。

之前我们已经说了很大一段时间的短信回复技巧，那么，现在我们说下短信之外的即时通讯如何处理。

你的QQ聊天工具要时不时地保持离线状态。如果因为工作的关系，你天天挂在QQ上，他会很容易找到你，找机会和你聊天，但这并不意味着他就有机会时刻与你互动。如果你的工作结束了就干脆下线，没有必要一直保持在线状态，这有助于你保持神秘感，要让他觉得你还有别的方法打发时间。

或者，你把自己设置为隐身状态，想与他对话的时候就与他聊天，不想与别人聊天时可把自己状态设置为"忙碌中"，他那边也能显示出来，就等于给了他一个不回复的借口。你还可以通过你的隐私设置阻止那些你不喜欢的男人骚扰。

如果你知道自己是一个无法抵抗诱惑的人，那么你就应该退出聊天工具。如果他试图在你离线的时候与你聊天，即时通讯信息将会变成一条短信或一封电子邮件回复给你，如果你不想或者不能按照上述任何一种方法去做，那么你需要离开那里。你可以在几分钟或更短的时间内学会怎样迅速结束即时通讯聊天。

你可以这样与他说："我必须离开了……""我的闺蜜在等我上

瑜伽课……""非常抱歉，我的网络出了点问题……""我的上司在找我……"

　　遇到不喜欢的人，你必须直接说出你的想法，没有必要婉转，你可以明确告诉他，你有自己想要的生活——学业、工作、朋友、爱好、健身，可能还有约会。你真的没必要用太多的时间与他聊天，如果他真的想追你，会在约会的时候再问你。

慢一点，沉默一会儿也无妨

才认识他没多久，你就爱上了他，可是，怎么也能让他迅速爱上你呢？于是，就在你们刚刚相识短短的几天里，有关自己的一切，你来了个竹筒倒豆子，甚至连邻居家的阿姨脸上有几颗痣你都恨不得告诉他。约会的时候，他成了忠实的听众，而你，就是那个滔滔不绝的倾诉者。亲，你有点太着急了，会吓到他的。

初识没多久，你一定要掌控好谈话节奏，做到条理分明。他或许从别人那里知晓了你的一些简单情况，比如你的工作、你的小爱好，渐渐地熟悉起来。你可以稍微多一些介绍你自己的情况，比如家人、比如你工作之外的消遣，不要透露太多的个人信息，那样会显得你很急迫。当然，以上说的这些，可以在几次约会中陆续表达出来，而不是一次来个够。

如果他真的符合你的理想型，你一定要少说话、少发短信，与他交流的时候，多一些笑容，常做一个倾听者。这时，相反，他会表现得更急切一些，说的话会越来越多，为的就是想知道你心里究竟在想什么，你留给他的印象就是神秘，还有，很稳重。男人喜欢有礼有节的沉默，恰巧，你就是这种女孩。他会觉得自己很幸运。

话多话少，有时候因场地而异。比如，一杯红酒下去，你的话就多了起来，或者随着谈兴浓，你一杯接着一杯，举止也会暴露你的性格。所以，在这种场合下，你要控制自己喝酒的分寸，以免失态。

在与他交流的时候，有的字眼儿是必须要避免的，什么结婚、爱情、孩子等，拜托，你们还没到谈婚论嫁的时候，就不要预演这些词汇，他会觉得很有压力。也不要告诉他你生活中的烦恼和不愉快的工作经历，也不要说你与闺蜜之间的事情，这些讯息都会影响你们的情感走向，要知道非正能量的因素会使你们的约会质量大打折扣。

言多必失，干脆，就多沉默一会儿吧！

别像失散了多年好友般的与他过分熟络，也不要与他分享你童年的创伤，比如父母闹过离婚啊，被隔壁的大叔牵过手什么的。你把话题投入这么深，他会觉得你是个不注重隐私的人。为了显示真诚交往的心，你甚至把自己之前的分手经历说给他听，Stop！你说得太多了，你没必要把你的私生活都晒给他，你会把他吓跑的。即便不会吓跑，也会在他心里留下一道灰色的阴影。

在你们交流过程中，难免会有冷场的时候，你千万不要试图找话题来填充这份尴尬，也不要尝试讲一些笑话来讨他欢心，他会觉得你很在意他，短暂的沉默也是一种美好的意境。或许就是在这沉默的间隙，他会觉得你的侧影很美丽，你的眼睛要是再大一些会不会和赵薇相媲美……结果，你费力讨好的一个笑话，破坏了这份美好。如果某一天他提出了不再见面的时候，那就是因为你说得太多了，太不合时宜了。

如果你真的觉得他适合你，在约会期间尽量让自己的话简洁明了，并适时提些你自己感兴趣的小问题来了解他，要有礼貌，态度要轻松活泼。千万不要提很严肃的问题，尤其问他前任女友的问题，尽管你非常想了解他的过去和未来，也要节制，不要不停地询问。

多见面、少说话，掌握说话频率与节奏，做个恰当的吸引者，是聪明女孩必须遵守的恋爱原则。

慢一点，不要一天24小时见到他

　　如今，属于恋人的天地越来越广、越来越多，游乐场、电玩室、公园、电影院、商场，处处都有他们成双结对的身影。似乎闲逛成了他们交流情感的重要方式。这种边走边交流的方式似乎比晚餐约会还要重要。全天候的如影随形，是不是一件好事情呢？

　　其实，对于男人来说，闲逛是一个很省钱的交往方式，根本不需要付出什么。所以，女人就要清楚这一点，当他发短信第一次邀请你去闲逛的时候，你一定要拒绝，你只需委婉地对他说，对不起，我已约好了姐妹淘一起出去。虽然你对他颇有好感，但为了能有一次真正的约会千万不要轻易就答应他！

　　爱情的门槛是有一定高度的，你不要轻易让他就迈过。闲逛虽然是一个很好的建议，但你必须让他为得到你而付出努力。这不是矫情，而是爱情必须遵守的原则。

　　当他对你有想法的时候，他会迅速取得你的好感，恨不得天天见到你、粘着你，充分去了解你。可你要知道，他见你的次数越多，你在他的眼里就会愈加透明，没有秘密可言。而当你习惯了这种方式后，天天见面，他已感到厌倦。接下来，他开始要求得到原属于他自己的空间。他会说："我工作很忙……""我这段时间要离开下……"并不时地取消约会。

好了，这是分手的前奏，也是我们在爱情剧中常见的桥段。他是真的很忙，开始忙着找下一个女孩，忙着新一轮的追逐与挑战。你对他已经没有新意了，你，不过如此，没个性，太粘人。瞧瞧，这就是常见面的结果。

相反，如果他真的喜欢你，他会一直保持天天见你的状态的，或者当你拒绝他时，他会真的很生气。那么，恭喜你，他就是你的真命天子。

不过，见面约会真的是一件非常有技巧的事情，即便他真的是你心仪的男人，也不见得通过见面就真的推动你们的关系。事实上，你才是推动情感发展的关键，不要轻易答应他的求婚，否则，你们的关系就会像脱了轨的火车一样，激情般的碰撞过后，接下来就是分道扬镳的节奏了。

你可以深刻地体验下，在交往的两个月之初，你天天与他见面，就像上班打卡一样准时与不误，那个男人一定厌倦。见面的概念如同吃同一款菜，总吃总吃就会反胃，要知道物以稀为贵，见面少就等于思念多，给见面次数做个减法，才能使你的爱情保鲜。

其实，你完全可以把握这个见面的节奏，一周见他一到两次。

我知道，恋爱中的你是真心想见到他，你甚至为他而想取消一切外出计划，不去健身房，不与闺蜜喝咖啡，只想与他在一起。但是你千万要克制，你要让他觉得你目前的生活状态和之前遇到他时一样，没有丝毫的改变，只有保持这种克制，你才会等来他的那枚求婚戒指。

　　还有一种情况，你也要铭记，如果是在朋友聚会上，或是与女友们集体出去闲逛的时候，你那个心仪的男人正好也是这个朋友圈的，几次见面后，你或多或少感觉出他对你的意思来，你尽量要保持沉默，不要过多凝视他或者注意他，始终保持一个很好的姿态，不要给他留下糟糕的印象。与朋友在一起的时候，表现要自然，就像他不在场一样，如果对他有好感，就努力做一个沉默的愿意同他接近与交流的人，如果他有心，就顺其自然去爱吧！

慢一点，不要为晚餐买单

　　在恋爱中，表现得过于大方的女孩子会很吃亏的。这种大方具体体现在，为他买衣服、为晚餐买单、带他出去旅游、喜欢送给他各种礼物。金钱方面付出越多，不见得就真能留住他爱你的心，而事实上，你做得实在是太多了，这有悖于交往原则。

　　过多地给他买东西，或者分担双方共同旅行时的费用，你觉得自己表现的是交往的诚意，而对他来说，会觉得你是在讨好他，你的这些行为只能把他宠坏。好吧，下次约会，在买单的时候，他会无动于衷，因为你会去买，他居然没有丝毫愧色。

　　习惯成自然，那么，即便你们今后有生活在一起的可能，你依旧会这么做吗？你真的就没有什么想法吗？况且，他还没有娶你。恋爱之初，你就给得这么多，他觉得你是在笼络他。在他的眼里，你就是个追求者，你把你对他的喜欢都通过这个行动表现出来，太明显示好，你觉得他会有多在意？

　　男人都是有自尊心的，什么钱你都抢着付，对于那些好面子的男人来说，他会觉得你并不适合他。如果他再有一点点大男子主义，那么你就更惨了。这样的男人对你的行为不会有任何感激，反而会加快他离开的速度。所以说，不要试图用自己的金钱、财富或额外收入引诱或诱惑他，尤其是不要以此来维持恋情的发展。那样是绝对不会取得成功的！

你的主动买单，会给他一种金钱方面的优势压力，他会觉得你是个很强势的女人，薪水比他高，这很影响他对爱情的判断力。他会很迷惑，是爱你的人多一些，还是爱你的金钱多一些，男人不喜欢做选择题，所以，这注定不是一段很公平的恋爱，你还能期待有怎样的好结果？

恋爱时，女孩子偶尔买一次单也是很正常的事情，你也可以主动请他吃饭。你会说，单位刚发了奖金，我们一起吃顿大餐吧，共同分享这份喜悦，用这种方式也回应一下他多次的买单，也是人之常理。

如果他真的是个好男人，只是经济方面没有达到你想要的要求，你只需要向他表明，你们之间不是钱的问题，而是他必须要追求你。你需要享受的是被追的甜蜜，没有这个过程，他怎能珍惜你，你又怎么会感受到幸福呢？

还有，恋爱时送礼物也是件很正常的事情，比如他的生日，你要掌握一个尺度，不要送奢侈品，太贵重的礼物含有太多的含义，会引起他太多的联想，你要送的礼物只需体现你的用心和不要花费太多即可。比如一件他喜欢的球队的 T 恤衫、一个超体贴的剃须刀、一块防水的电子表，看起来既精致又体面。

在与他交往中，你一定有去他住所的机会，你需要注意的是，别像个女主人似的掏钱给他的居室乱添置东西，或者干脆给他的衣柜来个大换血，尤其购买那些价值不菲的领带和皮鞋。也别像个主妇一样包揽他冰箱里的全部的采买。你这么做，他会觉得你在包养他。或许他很喜欢你送的礼物和买的衣服，但这并不表示他接受你这个人。

对于尝试着追求男人并逐步进入他的生活的女人来说，金钱和物质并不是仅有的方式。你没有必要为了得到他的青睐而付出那么多的努力。

与其这样施财，不如在他生病的时候为他买药煲汤更有效。你可以在平日里为他鸡毛蒜皮地花销，但在每次约会的正餐，买单的权利一定交给他。

慢一点，不要为了他改变自己

我是一个 TVB 迷。从小就喜欢 TVB 出品的各种电视剧，虽然漏洞百出，虽然情节过分雷同，但是这就是我简单的口味。看过最多的是《刑事侦缉档案》，几乎一有时间就会翻出来看看。剧情中记忆最深的，当然是两个明明相爱的人因为剧情需要一部一部出现，就不得没事找事，坎坷百出，分分合合。另一个记忆深刻的还有一个案情。

大体意思是，警察们发现一具女尸，没有任何方式可以判断身份，可是最奇怪的是她有四个乳房（第一次看的时候，我还太小，实在无法想象和理解，大体觉得那是一种比较恶心的情景吧），而警察们就是凭借这一点找到凶手的。凶手是女人的情人，有妇之夫，而且还有个有钱老婆。男人当然不肯为了一个女模特放弃自己的老婆，所以被逼紧了干脆一不做二不休。

故事讲完了，现在来说说重点，那四个乳房。在反复重看的过程中，我逐渐长大，领悟力也有所提高，对涉及的各种成人话题也有所了解。其实就是女人为了讨男人喜欢，不停隆胸，最后失败了。有一段对白很有趣，大体是这样的：男人——你也不看看你自己现在像什么样子，简直是妖怪一类的羞辱性语言；女人——我变成这个样子还不是为了你云云，凄凄惨惨。

接下来可能你也会猜到，男人会找出各种理由，指责女人，推卸责任，并不是他让女人去隆胸的。这样的情节，发生在电视剧里，姑娘们肯定恨得牙痒，忍不住暴粗口。这样的男人，恨不得拖出去阉割而后快。女人也是自讨没趣，死有余辜。

可是，如果这不是电视剧呢？电视剧就是那么狗血，它会把事情极端到你觉得不真实，你不会相信现实生活中真的有这样的蠢女人，为了男人不停隆胸，你可能也不会相信真爱会翻脸无情。那姑娘我是说你善良还是说你天真，还是说你非得撞了南墙才回头呢？

可能电视剧的故事是夸张了，但是请回忆一下，你的经历是否有过因为男人说，你穿这件衣服真好看，就经常在见他的时候穿这一件，或者以后的衣橱里都是这一类的衣服了？你是否会因为男人说，女人还是应该穿高跟鞋，就踩着恨天高，和他一起逛商场，逛公园，全然忘记回家后可能腿脚疼得半宿都睡不着？你又是否因为男人说喜欢你的长发，就从此将长发视若珍宝，从此长发只为君梳？

可是到头来，这些都不会成为永远锁定男人的利器。有一天，你们 Say Goodbye 的时候，这些曾经你以为让他迷恋的美丽，都会成为你们彼此间最锋利的利器，伤心也会伤身。

和年轻的女孩谈起来，他们或许不再欣赏甚至知道杨澜、倪萍这样的女人，可是在我的心里她们是不同类型的优雅。于杨澜，她精致到骨头里，即便去菜市场，她也告诉我们要梳洗打扮一番。于倪萍，她自然到血液里，即便再次面对舞台和镜头，她依旧不惧怕下垂的眼袋。这两种女人，未必要强迫你选择哪一类，只是想说，女人总要有一种风格，始终如一。哪怕这种风格不是真实的你，不是你喜欢的你，但是你能假装一辈子，依旧也是你的气质标签。可是如果，你经常因为别人的点评来随意改变自己，甚至是根据男人的喜好来转移自己的风格，那么你就失去了自我，而一个失去了自我的女人，自己已经不再爱自己了，又凭什么要求男人来爱你呢？

每个成熟的女人，都有自己独立的审美观，可是在男人这味调料加入后，便渐渐偏离时尚的轨道。女为悦己者容是爱情高尚的层次，可是如果为了爱他、吸引他，便过分注重自己的装扮，甚至有意夸张性感，难免被贴上卖弄的标签。保持本真的你，才是赢得爱情和尊重的最大筹码。

慢一点，不要太早改变距离

　　恋爱中的男女一定要保持交往的距离。不要轻易为对方改变生活方式，或许你会觉得这没有什么，放弃原来生活的环境，搬到他的公寓里，为的是更好地了解他、更好地照顾他。抵挡不住相互吸引的诱惑，做出这样的举止，也无可厚非，但是，你没有想到的是，同居了一段时间，你会觉得这其实并不是很美好。

　　一个简单的示好搬迁，并没有加速你们走进婚姻的殿堂，如果他是一个很负责的男人，或许在这段时间内觉得你正是他找寻多年的另一半，那么恭喜你，你的付出有了回报，等待你的或许是一枚求婚戒指。可惜，他不是你所想的那种人。你们共同生活了一段时间，他没有求婚，相反，他回来的时间越来越晚，与你的交流也越来越少，你为了他，远离了原有的环境，也失联了那个环境里的朋友圈，你更多的是沮丧与不安。当你暗示他会不会娶你的时候，他会说，你变了，你不是我最初遇见的那个女孩了，好吧，答案已经很明显，他不会娶你，或者他根本就没有过这样的念头！

　　接下来，你能做什么，争吵，收拾行李，摔门而去，他甚至都没有阻拦。你就这样为一个男人浪费了足足一年的时间，所以说，冲动是魔鬼，在你决定搬到他身边一起住的时候，绝对不会想到会有这样的一天。

不过，亲爱的，你别太伤心，每一个女人在成长的过程中，都会遇到这样的人渣，你并不是第一个做这种蠢事的人，有很多女孩子在没考虑周全之前，都会做这样的选择。甚至有的女孩子在大学期间，就会与男友在校外租房子，过起同居的小日子来，由一个清纯可爱的女孩直接过渡到女人，毕业就分手，说的就是他们。

有的女孩子，虽然在大学期间没有与心爱的男生在一起，可是毕业了，为了长相厮守，就拼命追随男孩子的分配走向，他去哪里，她就坚持跟随到哪儿。这时的他早已厌倦了那种校园的如胶似漆，他需要的是恢复一个人的自由。他会说，亲爱的，我还没准备好，你或许该听从你父母的安排。可悲的是，女孩根本听不出他的放手信号。这时，你的改变对他来说，简直是一副枷锁，他只想逃出升天。

你会说他很残忍，会说他无情，而事实上，他不想你为了他而改变自己的生活。如果你不想接受接下来的痛苦与羞辱，不想给他一个追求者的印象，那么，就请狠下心来，不要改变自己，如果他真的爱你，就换作他来追求你，让他去改变去吧！

真正的爱情脚本应该是这样的：两个相爱的人，毕业后分别在不同的城市工作，男孩忍不住相思之苦，来到了女孩的身边，从此，他们过上了幸福的婚姻生活。

如果你正在考虑追随他去读大学或者为了任何原因而搬到他的身边，不要那样做。你可能会毁掉你的学业或职业，浪费大量的时间、金钱和精力，并以任何方式失去他。在你们结婚或准备结婚之前，你是自己人生中最重要的那个人，在选择地点时，你的梦想和目标才是应该考虑的因素。

慢一点，不要在约会中喝醉

不知道从什么时候起，喝酒成了一种庆祝仪式，也成了一种社交润滑剂，很多不好办的事情，不好说的话，在酒桌上，几杯酒下肚，就轻易解决了。喝酒是一件无法杜绝的事情，只要你没喝走板，那么喝点酒也无妨，它成了一味消除拘束的释放剂。但是，在与男人约会的时候，有的酒是千万不能喝的。

我们说过，酒是消除拘束的良药，你醉酒的时候，会失掉平日里的谨慎与戒备，醉酒时作出的决定是很可怕的，你会和初次见面的男人就滚了床单，你会把昔日的情史向他毫无保留地倾吐，你本想拒绝他伸过来的手，却因脑袋不灵光而紧紧握住……总之，酒精让你失去了判断力，你遵守或者守了多年的原则顷刻瓦解。

你会像个傻瓜一样向他倾诉对他的爱慕之情，并告诉他你真的喜欢他。你喝得实在是太多了，甚至旁若无人地吻他，试问，哪个男人会把酒醉的你推开？这还不说，你还会继续絮叨你那过去不成功的恋爱史，以及那个抛弃过你的坏男人，甚至连为他打过胎的隐私都顺口说了出来。好吧，酒醒后的你该如何面对这一切？或许，你还是在他的怀抱中醒来。该发生的都发生了，你连哭的力气都没有了。

这以后，你就又多了一个知道你秘密的男人，他会时不时地向你发出约炮的短信。在他的眼里，你就是那样的一个女人，你与他做过的一切与其他任何人一起时也做过，这样的印象都是你醉酒后亲手造成的，你是不是很后悔？

酒精会改变一个人的行为方式，尤其醉酒后的女孩会令人大倒胃口。清醒的时候你或许甜蜜可人，醉酒后会大喊大叫、斯文全无，甚至站在桌子上跳舞、脱衣，要多开放有多开放，你想想，哪个男生会喜欢这样双面的你？

我们再说一点更可怕的事吧，你一定听到过醉酒女孩被强奸的事件吧，有很多女孩喝酒喝得太多并遭受到严重后果的事情并不是传说。如果你决定去喝酒，一定要喝得聪明一点。不要给自己与刚刚认识的男人单独相处的机会。你要清楚知道自己的酒量，多一杯都不要去尝试，一定要小心那个在身边一直不停劝你喝酒的男人，他的举止只透露着一个信号——把你灌醉。

更安全一些的策略就是如果你准备外出与朋友聚会，可以邀请你的某个女性朋友陪你一起去。如果某个可疑的男人试图图谋不轨，他需要对付你的同伴，那么他就会成为那个承担后果的人。

慢一点，停止没有信用的约会

恋爱时，他总会因故取消与你的约会，且借口听起来都那么合理，譬如"单位临时有重要的事……""我的车在来的路上爆胎……""我的同事让我陪他去见一个客户……"这些听起来都是很合乎情理的突发事件，可是，为什么你的心就是不爽呢？

你精心为他准备的妆容、精心搭配的服饰都没了用武之地，你甚至为与他约会而推了闺蜜的饭局，只是短短的一句富有戏剧性的理由，就让一切泡了汤，难道他的事情就真的比约会都重要？

如果他是一个很有原则的人，那么会把这次约会看得格外珍贵，除非真的有紧急情况发生，否则，一个责任心强的男人是不会轻易毁约的。他会信守承诺，不论出什么状况都会坚定地与你见面。他取消约会的原因只有一个，那就是没有那么喜欢你，和那些理由相比，你是最好推掉的一个。

可惜的是，沉浸在爱的世界里的你还没意识到这一点。或者是你太喜欢他的缘故，还非常想与他发展下去，开花结果。于是，你开始自欺欺人地认为他是真的很忙碌，经过一次次的取消和失望，你依旧没有想到放弃，只是越来越神经质，内心被不安所充斥。有意思的是，他总是取消了此次的约会，下次还会与你见面，而隔一周，故伎重演。好了，你终于被他折磨成神经过敏了。

他的借口也越来越贴心起来，"我感冒了……只有取消这次约会，别把你也传染了，你别来看我……"他这么关心你的健康，既阻止了你来看他，又让你无可挑剔。你没有感觉到失望、生气与背叛，甚至真的还担心起他的健康来，没有丝毫的怀疑。

你知道我想对你说什么，这样的男人，是该考虑与他分手了，他一而再、再而三地取消约会计划，除了没那么喜欢你，还有一种原因，那就是他在期待下一个会更好。而你虽有不足，还可以做个备胎，在寂寞或者有闲暇的时候，约你出来消遣下。这样的一个男人，你还有什么可留恋的呢？

要知道一个真正喜欢你的男人，是不会放过每次与你见面的机会的，更别说取消了。寒冷的冬天、倾盆大雨、交通堵塞、家人结婚……任何事情都无法阻挡他来见你，这就是爱与真爱的区别。所以说，当一个男人接二连三取消与你的约会，你要毫不犹豫地转身，请别在这样的人身上浪费一分一秒的时间！

慢一点，不要轻易上床

《第一次亲密接触》不过也是一部打着情色幌子的纯洁爱情，可见，男人终究是不喜欢与真心相爱的女人过早地赤裸相见。很多女人都会说男人是只会用下半身思考的动物，其实，那只不过是某些女人们想当然忽略了男人的核桃体，如果男人把一个女人当作结婚的对象，必定想要先花前月下一番，如果过早亲热，只会吓到对方。

白若是我好朋友的表妹，从小就是公认的美人坯子，可是这还不够，因为家庭条件并不优越，所以白若励志嫁入豪门。终于，在大三的那一年，她的机会来了。

学校突然出现一个风云人物，石破天惊。豪华跑车在校园里分外刺眼。据说男生是跟随父母从美国回来，才来到这个学校的。像白若这种美丽不可方物的女孩，想要接近一个男生，易如反掌，她似乎没有费什么力气，就成功吸引了男生。他们常常一起去上课、吃饭、看电影，可是关系却并没有那么明确。

可是白若觉得，如果不赶紧把关系催促一下，那么可能这块"肥肉"就不知道被谁叼走了。借口很容易找，白若说自己生日，约男生一起庆祝，两人喝得微醺，像所有老套的情欲戏一样，他们水乳交融了。第二天，一切如旧。只是白若心里已经认定这个人是她的男朋友了。

姑娘们往往都是这样，一旦以身相许，即便是心没有那么真爱，也不得不随之偏颇。可是男人却未必如此，很多时候情与爱是分开的，他们与女人欢爱，却并不是情之所至，仅仅是情之所欲。

白若还是像以前一样和男生一起吃吃饭、看看电影，他们没有再发生关系，也没有再提那晚的事。很多朋友都问白若，他是你男朋友吧？白若也只能咬着牙说不是，我们只是很好的朋友啊，假大方。

每天中午他们几乎都会一起吃午餐，可是那一天的中午，男生却另有安排。白若不甘心，用了最猥琐的手段，尾随着，去了一家比萨店，男生正在和一个混血女孩喝着同一杯奶茶。白若其实心里早有答案，只是事实摆在眼前的时候，心还是禁不住疼了一下。刚好男生抬头，没有紧张和不悦，反而有点欣喜地叫："白若，你怎么在这里？"白若心里更疼了，如果男生紧张或者闪躲，至少说明他心里对白若有所愧疚，可是这坦然，说明他们真的只是朋友，她应该为他的幸福而祝福。

混血女孩是男生青梅竹马的美国玩伴，两家本是世交，又是生意上的合作伙伴，门当户对。白若知道自己完全没有竞争力，所以大方介绍，我是他的好朋友。好朋友，已经是两人最近的距离了。

忍不住，在混血女孩回国之后，白若还是问出了口：你不知道我喜欢你吗？你不知道我是当你是我的男朋友，才会和你上床吗？男生一脸无辜：Sorry！我以为你玩得起，没想到，伤害了你。

可是伤害白若的到底是男生还是她自己呢？她表姐跟我讲这个故事的时候，还很是替她表妹惋惜："那个男生的照片我是见过的，不但家里条件好，长得也帅，可惜是个花心萝卜，没良心。可惜了，不然我就多个富人亲戚了。"

我们讲别人故事的时候，总是能这么没心没肺，可是白若有多疼，只有她自己知道了。她不是没有机会钓上这个金龟婿，可是却不知道好事多磨，欲速则不达。她想用身体赌个明天，最后却连朋友都做不成了。

为什么恋爱叫"谈"？其实，这份感情更多的是靠交流而不是靠身体。男人本来就贪吃，送上门来的东西自然胃口大开，男生又是洋派作风，对于男女之事本不那么认真，用这样的方法拴住男人，白若真是用了最愚蠢的办法。我也替她惋惜，她有着绝佳的容颜，却没有理智的头脑。这样的皮囊下如果藏着一颗蠢钝的心，那么我不但替她惋惜，更替她担心。还好，这段经历发生在她二十二岁，她还有那么多时间可以慢慢享受爱情；二十二岁，她还有那么多机会可以记住自己的惨痛。我祝福她能遇到一个让她用心交流能"谈"恋爱的人。不管贫穷富贵，不管健康疾病，其实那一句我愿意，都要彼此心甘情愿。

与他交往，情到浓时，难免会有过于亲密的举止，甚至会上床。

许多男人会认为与女人上床是确定感情的基础，而对于那些心怀不轨、以猎艳为目的的男人来说，上床是最精彩的环节，专等上床的那一刻华丽丽到来。而这样的爱情怎能有个好的结果？

恋爱之初，那些以性要求来判断你有多爱他的男人，你要好好考虑了。在你没想好之前，千万不要轻易答应他。他会极力讨好你，海誓山盟简直是家常便饭，这都是他达到目的之前所放的烟幕。在他的甜言蜜语下，意志薄弱的你轻易就范，等到分手的那一天，你是否有种上当受骗的感觉？

男人在恋爱期间，总是主动追求的那一方，如同烈火专等你这堆干柴。可是，他燃点再急，配不配合的主动权却在你自己的手中。选择远离的你，怎能会引火上身。对于女孩子来讲，上床的速度越快，感情结束的也就越快。所以，你千万要掌握好情感发展的节奏，不要随便轻解罗衫。

如果男人一旦以生理要求作为继续发展的借口，那么，亲爱的，你要小心了。这关键时刻，你要守不住，就等于把自己的清白无端送人，重要的是你给了一个不值当的人，他还不领情，因为上床对他来说，简直就是家常便饭那么随意，他怎能会珍惜？

男人对这种事成败与否，取决于你对此事的态度。你不同意，他知道你有自己的原则，知难而退，就会转战他人。你也就知晓了，原来他只是对你的身体感兴趣。慢一点上床的好处，就是给自己多一些时间，来识别好坏男人。

所以说，女孩子把握住自己的身体，就等于把握住自己的幸福。

当然，有一种情况除外，就是那种有爱的男女，等到情感都有了基础，双方都觉得上床水到渠成，或是说不上床不足以让情感再创新高，那就上吧。

但有一种感情理解误区，大龄剩女的恨嫁心态，会让你成为一个主动上床的制造者。他是你理想中的男人，你急切地想推进这段感情发展的速度，于是，上床就成了你强烈心愿之下的某种抓手。而事实上，你把上床当成了抓住他的心的一种手段，当作一个赌注，这是非常有风险的，除非你是个情商超高的女人，既能把握住献身的节奏，又能让情感不断发酵。可拥有这样高情商的女人在生活中又能有几个？

不要用上床来吸引他能与你建立恋爱关系，也不要表现出情意绵绵的样子，不要在他下床的时候对他说："我们下一次什么时候见面？"也不要随后给他发短信，问接下来感情发展的走向。不要表现出通过上床后，你就是他的人了。男人不会因为与你上了床，就在感情上觉得亏欠了你任何东西。有时候，你表现过多的亲近与亲密会把他吓跑的。

与男人过早上床的女人，大多要面对男人要下床的事实。所以，在与某位男士交往期间，即便他是你的理想型，也要多谈情缓上床，让感情走上前台，性事隐入后台。用情感主导的恋情，性事才能有助于情感的升华。

上床可以识人，但不能靠上床来识人。当你真的决定希望与某位男士上床的时候，首先问一下自己，你是否真的相信今后他会给你打电话或者发短信。不要等到上完床后，没几周，他已经人间蒸发。

还需要提醒的是，不论你决定准备在什么时间与某位男士上床，一定要聪明一些，并注意安全。使用避孕套谨慎行事，这是女孩子保护自己的必备手段。

慢一点，看看他的朋友圈

我是不是神经错乱了，刚告诉你回避他们的微信、网络，又让你窥探他的朋友圈。我是希望你在彼此了解到一定程度后，不妨走进他的朋友圈，物以类聚，人以群分，他的朋友圈就是他的一面镜子。另一方面，在自己熟悉的朋友面前和女朋友面前，他很可能是个双面人。

我认识一个女孩，姜姜，和男友相处了六个月，他都是一个温文尔雅的翩翩美少年，可是有一天她无意中"闯"入了他的朋友圈。纯粹巧合，因为两个朋友圈聚会竟然相约在了同一个场所。姜姜早就听见了隔壁朋友圈有人吆五喝六、满嘴粗话，声音特别像自己的男友，可是就是没敢相信。直到姜姜起身去洗手间，看见那个已经满面通红，"袒胸露乳"的男友，两人都一脸尴尬。男人不是只在女人面前才会露出马脚，在男人面前也可能会判若两人。

所以，当你彻底被爱情冰冻智商之前，找一些理由，深入一下他的朋友圈，从他和朋友在一起的态度、言语以及他朋友圈的质量，你会得到一个不一样的结论。不过，开始前我还是想告诉姑娘们，这是你们至少交往半年以上才可以开始的深度了解，记住，是了解，不是窥探。不管你是出于何种目的，没有人喜欢别人打探自己的隐私，而你只是用这个方式去了解，而不是打探。

如果你还做得不太自然，那么先从翻看老照片开始吧。找一个恰当的氛围，看看他的老照片。如果你一张他和别人的合影都无法获得，那么恭喜你，我只在电视里看过杀手和间谍从来不拍照，你中大奖了。如果他的照片都是独照，可能他的性格就会比较孤僻了，虽然他表面嘻嘻哈哈，其实内心很可能向往孤独，这不要紧，你的存在也许正好可以打开他的心扉。所以，你要观察他拍照时身处的位置，如果他大多是身处大自然，那么他的内心还是阳光的，用你的爱去温暖他，虽然你很可能付出的要比别人多，但是真爱是不会计较这些的。如果他的照片都是些稀奇古怪的东西，如未建完的工地、满墙的涂鸦、虐待小动物，那么即便他是一个行为艺术家，我也劝你远离，普通人的智商和情商都无法驾驭一个极端的艺术家。

如果他的照片里会有一些和朋友的合照，那么关键来了。如果他们都是勾肩搭背的，或者眼神里有友情带来的特殊神情和目光在，很容易辨认，说明他是一个真诚热情的人。只要你细心观察，照片的瞬间凝聚，也同样让你发现他的虚情假意。一个对朋友阳奉阴违的男人，即便是真心对你，他最爱的也永远是自己。

这些照片，其实只是抛砖引玉，最好在他的允许下，看他的这些东西，跟他"探讨"下背后的故事。当时的背景，既不失为恋人之间一个很好的话题，也可以让你得到很多有效信息。

如果你已经做好准备，进入他的世界，那么还是要真正进入他的朋友圈。进入朋友圈，也分为两种情况：

第一种，他跟你说要和朋友出去，而且基本没有带你同行的意思。这是人之常情，大多数男人并不希望自己的女朋友和男朋友混搭在一起，他们注重自由，保护隐私（也可能缺乏足够的自信，担心女朋友和男朋友好上，这样的例子也不少嘛）。如果你也想一同出席，不妨在他没有提出同行的时候，问问他，可以一起去吗？如果他面色为难或者说不太好吧，我打个电话问问。那么你不妨笑笑告诉他，你只是开个玩笑。因为他很可能还没有像你一样，觉得你们的关系已经成熟到彼此涉足朋友圈，你也需要重新放慢脚步了。如果他的第一反应是手足无措，不知道如何拒绝你，那聪明如你，何必要计较他背后隐藏了什么呢，不能坦然相对的人，能携手走下去的路也必然很有限。

第二种，他欣然带你出席，至少说明你们在交往的感情上同步了。那么你需要做的，就是做好他漂亮大方的花瓶，多听少说。你的美丽会为你的男友在朋友圈增添面子，记住，是漂亮得体，不是妖艳性感，因为男友是带女朋友出来介绍给朋友认识，而不是从夜店找个女郎出来充场面。你的大方微笑，会为你在他的朋友中增添好感分哦。少说多听，不用我说，别管你和他们玩得多开心，别忘了你来的真实目的，不是让你被他们同化，而是为了从他们的言谈中看清自己的男友哦。

朋友圈就是男人们的另一面，而且是很重要的一面。你关注他的朋友，不仅是要抓住他的小辫子，其实也是看他的交际能力和人脉。记住，这真的很重要，一辈子很长，如果你不想和他的爱情犹如昙花一现，慢一点是值得的。

慢一点，不要过早邀请他回家

"我到家了，谢谢你送我回家。"

"不用客气。"

"嗯，时间还早，要不要上楼坐一下？"

是夜……

"周末有没有时间？"

"啊，有。"

"嗯，我妈说想让你来家里吃个饭。"

"嗯……我刚想起来，周末好像有个会，我回去看一看。"

这样的场景，无论是恋爱中，还是影视剧中，都是少不了的桥段。

女人一般都恋家，家是温暖的港湾，家是安全的小窝，家是美丽的回忆……你听这些都是带着明显的女性色彩，可是家对于男人来说，大不相同。家是拘束，是限制，是坟墓（偷笑）……是他们从青春期就开始要叛逃的地方，你这么早就又想把他带回去，心有余悸啊。

把男人带回家，是感情的一个转折点，这只有两种暗示：第一，你想带他见家长，把你们的关系赶紧定下来。如果他还没有想这么快就定下来，那么你一下子就会把他吓跑。你们的关系就此也就玩完了。第二，你想邀请他上床，估计他不会特别拒绝，送上来的甜点，就算是吃撑了也无所谓啊。第一种，可能是男人最想拖沓的程序；后一种，是女人最不该过早进行的程序。无论哪种，如果你们没有相同的节奏，那么尴尬不言而喻。

交往之初，姑娘们做的另一件蠢事除了带男人回家，就是也想去男人的家。除了前面两种可能，还有第三种情况更惨。

我认识这样一个女孩，在和男朋友交往不到一个月的时候，就和男人回了家。男人独居，虽然她没有迅速地同居，但是却迅速以女主人自诩了。开始的时候，两人很新鲜，每周会去一两次。下了班，去菜市场，买菜做饭，烛光晚餐，周末的时候还回去打扫房间。偶尔留宿，两人像一对小夫妻。可是一段时间后，两人的热乎劲也就过了。男人开始抱怨，她占据了自己的私人空间，原本每个周末兄弟们都会来家里玩几次，打游戏、吃火锅，现在她总来，就不方便了，兄弟们都疏远了。她也抱怨，他的家里越来越乱，原本一周只需要收拾一次房间，现在几乎脏衣服、破袜子永远到处扔，他简直就把自己当佣人使唤了。最终，两人不欢而散。女孩更是忿忿不平，他当我是一块抹布吗？召之来、挥之去？

可是，姑娘，你以为替他洗衣服、做饭、料理家务，他就会更喜欢你吗？如果他想找一个体贴的保姆，就会去家政中心而不是婚介中心。可是如果你甘愿做他的擦脚布，他自然就会毫不客气地踩上来，而且越踩越脏。你是为了爱他才要和他在一起，记住，姑娘，你是为了爱他，而不是为了伺候他如宝殿上的皇帝，只为讨得君心，一朝能被宠幸。

慢一点，他或许没有那么爱你

　　我不知道有多少恋爱中的人看过电影《其实他没有那么爱你》，也不知道有多少恋爱中的人会相信"其实他没有那么爱你"。我不能说恋爱中的人都喜欢自欺欺人，可是很多时候，我们都会自我催眠，他是爱我的，他是最爱我的，他是不会背叛我的。可是爱情和谎言，本来就是一对孪生兄弟。所有的爱情都会夹杂谎言，没有谎言的爱情，在这个世界上也没有能力生存！你相信他是爱你的，你相信他不会骗你的，你相信他会照顾你一辈子的，看吧，什么都是你相信的，可是事实呢？可是事实如果真是那样，我们都会初恋就结婚了。

　　我不是诅咒你，可是虚假爱情可能是很多人在恋爱中都会遇到的，而且甚至会比真爱更让人追捧，就像良药苦口一样。可能真爱并没有我们想象中的那么美好，如果一个人真心实意对你好，想和你过一辈子，他很可能会送你一束塑料花，希望天长地久。可是多数人一定会选择新鲜的玫瑰花，即便知道明天就会枯萎，即便明知道他可能另有目的。

　　发情期的男人其实往往比女人更懂得自己的心理，尤其是那些情场老手，从一开始就目的不纯的公性动物，他们更懂得毫无顾忌地花言巧语，献殷勤，而这正是女人潜意识中的渴求。他们对待感情就像写好了的剧本，他在剧集中制造一个又一个的高潮。他们经常会出些浪漫的"馊"主意，让你意想不到。比如在圣诞之夜破费点去"宾馆"度过一个快活的圣诞之夜，或者制造些险情如看恐怖影片、骑高速车体验一下娇小女孩温柔依赖和很惊讶的尖喊声。

这么说来，你可能不寒而栗，甚至开始疑神疑鬼，那倒真的不必。我的提醒不是无迹可寻，如果他不是真心实意，即便你不是柯南，也不会全然蒙在鼓里，只要你别那么钻牛角尖儿自我催眠，他总会有些马脚被你发现。

①**如果他"被"失踪**　别相信他会联系不到你，手机、微信、Email、QQ、MSN、朋友圈……他可以动用他的眼睛、嘴巴、大脑、关系网、度娘、GPS——所以，如果他一直没有联系你，那其实真的只是不想找到你，而你也无须再为他寻找借口。

②**如果他失联**　哪怕那只是一个电话说"忙"，就是恋爱的大规模杀伤性武器，是"混蛋"的同义词，"混蛋"就是用"忙"敷衍你的那个人。心智健全的男人知道什么叫"轻重缓急"，如果这点心意都没有，这份爱实在让人怀疑，你可能不止听过一个女友在吵架的时候哭诉过吧，你真的忙得连上厕所的时间都没有吗？你上厕所的时候也可以打个电话给我啊！

③**如果只有你们俩**　你要求见家里人，NO！你要求见朋友，NO！

如果你在一开始就提出这些要求是你心急，可是你们交往了一阵，你们的世界却始终还是只有你们俩，他不愿意带你走进他的圈子，说因为这只是两个人的事。如果他用以上种种借口解释你们之间的暧昧，那么请自动翻译成"我只想用你来消磨时间""我不太喜欢你"。

④如果他不愿意太亲近　真爱是以毫无保留为基础的，如果喜欢你就应该是喜欢你的内在和外在。情和爱是分不开的，情之所至，他不是柳下惠，总会有一些亲密举动。难道你要一个喜欢你的人与你说"我很爱你，让我成为你的心灵之友"吗？

⑤如果时机成熟但他还不想结婚　许多男人、女人、心理学家、社会学家、人类学家、女权主义者……都可以滔滔不绝地进行一场批判婚姻制度的讲座，告诉你婚姻是落后的制度，是古老的财务契约。可是很抱歉，首先你要搞清楚"不想结婚"可能仅仅意味着"不想和你结婚"，那些说"不想结婚"的人最后一定会结婚，只是不是和你结婚。所以，如果你遇到的是一个以不婚主义来敷衍你的人，那么他真的没有真心在和你交往哦。

⑥如果他突然莫名其妙消失了　不要花费巨大的精力来解决"失踪男人之谜"，无论你找出了各种各样可以安慰自己的证据和借口，唯一的事实是他不再想和你在一起，并且没有胆量和你说清楚。请相信，没有什么秘密——他配不上你。有时候，你得靠自己关门。他走了，天大的好消息——你逃离了一场虚假的爱情！

⑦如果他是已婚　没什么好说的，至少在他离婚之前，这份爱都

是虚假的。如果他离婚，他也未必会和你结婚，暧昧的虚假爱情，可能要比一段真实的婚姻更让他有满足感。

如果他有以上这些表现，别犹豫，亲爱的，他不是真的爱你。

亲爱的，这是我能告诉你的全部了，我不敢打包票，你一定不会遇到一段虚假爱情，也不能带有羡慕嫉妒恨地诅咒，你的爱情肯定不真实，这些方法只能提醒你，爱情没有那么简单，没有人可以随随便便找到爱人等等。其实，我还可以告诉你，如果你想用心去寻找一段可以开花结果的爱情，那么就别轻易相信这些情人：

夜店艳遇　心理学家说昏暗的灯光容易让人丧失判断力，最利于恋爱，因为恋爱本身就是盲目的。所以，如果你也只是为了猎艳，那么正合你心意，如果你想寻找真爱，这实在不是个好选择。

别人的男朋友　他可能是你的闺蜜的、你的同学的、你的姐姐的，或者随便的某个女人的，总之，他已经名草有主。爱情虽然是自由的，但是绝对不是随便的，这样一段危险的关系，一开始就缺少了真诚的指数。

时空恋人　真的没什么可说的了，如果你今时今日还相信任何一种网络情人，那么即便你坠入爱的深渊，万劫不复，我们也只能鼓掌叫好——继续在井边数着，13、13……

爱情替身　这是最让人痛心的一种虚假爱情，他爱时感人至深，不爱时懊悔得肝肠寸断。他对你既有爱怜又有愧疚。如果你也是真的爱他，为你为他，都不要蹚这浑水，就算是放爱一条生路了。

软饭男　男人也不会相信，女人毫无所图地爱一个有身份、有地位、有金钱的男人，反之亦然。我保证他对你百依百顺，不顾及任何人怎么看，但是一转眼，他成熟了，他遇到了真爱，他一脸委屈地说：相信我，我只是迫不得已，我们之间根本没有感情。而这祸端，从你爱上他的第一天就已经埋下了。

流行爱情　爱情就是一门社会科学，与时俱进，最近的流行是丁克、AA 制、闪婚、周末夫妻、双城恋……但是就像真正的科学一样，未经时间证明的都是不可靠的，真爱是无所保留、不受控制的。在人类数千年的文明史中，一切非主流婚姻都是不可靠的，难道你愿意为了一时的兴趣，让自己成为别人经历的牺牲品吗？

慢一点，你真了解你的"准未婚夫"吗

"我们是因为了解而分开"这是很多恋人分手后会说的一句话吧。了解可能会让两个人分开，这并不可悲，也不可怕，真正的悲哀是你俩同床共枕面对面，却彼此完全不了解。所以，亲爱的，最后一关，在你准备和他携手共度一生之前，我希望你再听我一句，慢一点，想一下，你真的了解他吗？

有一项调查显示，在各个侦探事务所服务中，排在前几位的分别是婚姻真相调查、婚外情调查取证和婚前对象调查。当我们想把自己托付给一个男人时，到底要不要好好查一查他的"案底"？把男女间的爱情戏变成一场侦察与反侦察的谍战戏，的确不浪漫、不美好，可是，你却必须这么做。因为你无法将自己的幸福托付在别人的手中，也不要妄图他的山盟海誓会真实有效。你有机会说合则来不合则去，可是为什么不在开始一段很可能是错误的婚姻之前，毁灭一切不利呢？希望我这么说，你不是真的去找私人侦探，我只是举例说明，就像你不能完全相信你面前的男人一样。幸福这回事，你也只能相信你自己，假手于人便是另有所图，那才是真的不美好。可是不了解行不行？行，但是你就要承担像黎黎这样的结局。

刚开始大家都说黎黎捡到了宝，一次出差学习中遇到了同行业的"海龟"单身新贵，两人属于同一系统，年貌相当，情投意合，话题多多，自然迅速坠入爱河。新贵回国创业，住高级公寓，开奔驰小跑，这样的钻石王老五，打着灯笼也不好找，偏偏让黎黎捡着了。更让她心怒花放的是，不出半年，新贵竟然带着美钻向她求婚了。黎黎就这么做了豪门太太。

一入豪门深似海，那是电视剧才有的情节。灰姑娘从此过上了幸福的生活，那是童话桥段。黎黎和他们都不一样，她没有豪门恶婆婆，没有妯娌宫心计，但是也没有水晶鞋南瓜车。她只是宛若踏进了一座豪华的冰雪宫殿，越待越让人心寒。丈夫身上有太多她从前没有注意过的细节了。酗酒成性不说，还常常对黎黎实施家庭暴力。要不是在一次家庭聚会上，丈夫的一位远方亲戚说漏了嘴，黎黎还一直不知道，自己的丈夫原来在国外是结过婚的，而离婚的原因，就是因为酗酒和家庭暴力。得知了这一切，黎黎觉得自己头晕目眩，感觉上当受骗，第一反应就是提出离婚。可是遭到的却是丈夫更加猛烈的暴力，甚至禁锢。最终是娘家人因为长时间无法和黎黎联络报警后，才结束了这一场让人羡慕的婚姻。

你可能会觉得黎黎的故事太过极端，但这不是我编造的故事，而是我从一个新闻纪实节目看到的。世事总是比我们想象的要可怕，就像《不要和陌生人说话》中的梅婷，即便知道丈夫结过婚，可是怎么也想不到，前妻也是死在他的手里吧。这样的故事不是用来吓人的，真的是用来救人的。对于女人来说，婚后惊愕地发现老公负债累累、生气后就砸东西、与个把女人地下情多年、身患隐疾、劣迹斑斑……都不是能轻易化解的事情。爱情需要包容，但总有个限度，如果说调查的范围是有几个前女友，工资的每一元钱都花在哪里，与秘书小姐打情骂俏的内容，似乎有点过分了，但谁也不愿意那个即将和自己一起走进婚姻殿堂的男人有着刻意隐瞒的硬伤。

曾经是陌路的男人，在成为亲人前，需要你全方位了解。即使在同一办公室、一起长大的同学，大家曾经有各自的人生，你又怎能笃定对他的一切了如指掌？所以，即便是不去侦探社，只要你细心也能了解。

先说经济状况，你不仅要知道他是否有钱，有多少钱，更要知道他的负资产情况。某位明星不就是嫁给钻石王老五之后，才发现对方不过是纸老虎，打肿脸充胖子吗，你懂的。还有健康情况，你愿意照顾他一生一世不离不弃不管贫穷富贵，我知道你对爱情有忠贞不贰的美德，可是如果对方有某些先天疾病隐瞒了你，包括心理疾病，那么你空守着誓言是不是有些无辜呢？再说最重要的这一点，虽然民政局能联网，但是如果他有没有登记的事实婚姻或者是某天出来认亲的私生子，可是不得不防啊。他有没有不良嗜好？其实这也算是一种病史隐瞒吧，嗜酒、嗜赌、网瘾，这些都是婚姻的不稳定因素，不要希望一个嗜酒的男人会为你戒酒，相信我，你的魅力不足以和酒精抗衡，也不要相信男人犯错后的忏悔，哪个家庭暴力之后的男人不是痛哭流涕求饶，所以，就算有这样的朋友，我都希望你能尽早和他划清界限。

所以呢，也是时候教你一些简单的方法了：

如果他说话经常前后矛盾，那么不是在撒谎，就是有事要隐瞒。遇到这种情况，你已经不需要解释，因为他的解释很可能是在掩盖另一个谎言。

如果他长期缺少社交，至少说明他的性格孤僻，不好相处。

如果他与家人关系不睦，那么你也别指望总有一天会演变成亲情的爱情在他这里有多少分量。

如果他年轻时有不良记录（包括在校期间），那么这些不安分因子很可能并不会随着时间而消失。

如果他已经到了适婚年龄却还没有一份稳定的工作，甚至嚷嚷着自己要追寻梦想，那说明他还不够成熟到为人丈夫。

如果他有酗酒、赌博，甚至吸毒的嫌疑，那么相信自己的直觉，这多半是真的，并且它会像一颗定时炸弹。

如果他易生气、冲动、与他人发生冲突，在中医上讲是肝火旺盛，从心理上讲，恐怕就是有暴力倾向了，而且很可能演变成家庭暴力。

如果他在经济上过于仔细或是过于奢靡，这都不是好兆头，我们提倡生活中得精打细算、勤俭持家，可是这绝对不等同于锱铢必较。我们向往美好的生活，绝对不提倡浪费摆阔，更不愿为此负债。

如果你的男朋友有以上这些不和谐的因素出现，那么我的建议是慢下来，即便你已经答应了求婚，已经确定了婚期，别为了面子或者别人的"逼婚"而冲动。不过你还要明白一点，我希望你能调查你的准未婚夫——是一种更深度的冷静的了解，而不是疑神疑鬼。你不能因为他上小学了还尿裤子就怀疑他的泌尿生殖系统吧，也不能因为他突然借了一笔钱给朋友，就总觉得他染上了赌博吧。所以，你的原则应该是：如果你发现了会影响你未来生活安定的因素，那么就要冷静勇敢地分析。如果你是出于好奇心去深究一些细节或与你关系不大的事情，就是在破坏你们彼此间的信任。

慢一点，决定之前你必须要知道的事

好了，终于到了这一步，你真的准备好结婚了吗？你真的知道该怎么结婚，该怎么保障婚姻、维系婚姻吗？你又知道有多少人在筹备婚姻过程中？不得不承认，结婚虽然美好，但一些"残酷"的事恐怕是婚前不得不先揭露的真相，总好过事后一个晴天霹雳，连后悔都措手不及，懂得未雨绸缪是聪明的女子。随着恋爱低龄化、离婚率上升、婚外恋增多等婚恋现象的凸显，她们人人自危，不仅不放过婚前的健康检查，甚至"武装到牙齿"，连心理上的婚前检查都不放过。

首先让我们来看一份来自美国婚姻专家的问卷——婚前必问的十五个问题，教你如何技术性地排查婚姻隐患。

①我们要不要孩子？如果要，主要由谁负责？

②我们的赚钱能力及目标是什么？消费观及储蓄观会不会发生冲突？

③我们的家庭如何维持？

④我们有没有详尽地交换过双方的疾病史？包括精神上的。

⑤我们父母的态度有没有达到我们的预期？会不会给足够的祝福？如果没有，我们如何面对？

⑥我们有没有自然、坦诚地说出自己的性需求、性的偏好及恐惧？

⑦卧室里能放电视机吗？

⑧我们真的能倾听对方诉说，并公平对待对方的想法和抱怨吗？

⑨我们清晰地了解对方的精神需求和信仰吗？我们讨论过孩子将来的教育模式和信仰问题吗？

⑩我们喜欢并尊重对方的朋友吗？

⑪我们能不能看重并尊重对方的父母？我们有没有考虑到父母可能会干涉我们的关系？

⑫我们的家族最让你烦心的事情是什么？

⑬我们永远不会因为婚姻放弃的东西是什么？

⑭如果我们中的一人需要离开其家族所在地陪同另一个人到外地工作，你做得到吗？

⑮我们是不是充满信心面对任何挑战使婚姻一直往前走？

　　比起小情侣结婚前因为房子谁买、装修谁出吵个不休，又有多少人问过这些生活细节呢？美国人总号称自己是一个自由平等、尊重人权的社会，至少在婚姻观上我认同。他们不会因为爱情以外的因素去捆绑婚姻，不会用亲情去绑架婚姻，也不会用金钱去霸权婚姻。比起中国人结婚前就房子车子票子不放，其实我觉得这个问卷更实用，尤其是看第6条和第11条。还要说说性的问题，即便是我们开放到如此程度，《男人装》似乎就已经成了底线了，《花花公子》依旧上不了台面，性学专家依旧登不上大雅之堂。可是这人性之根本，不是闭上眼睛就不存在了，那怎么办？出轨？离婚？然后理由是，性格不合，请问先生小姐，你换了一个人，问题就解决了吗？这与掩耳盗铃又有什么区别呢？没有。所以，不敢直视性问题的男女似乎还真的没有成熟到可以结婚吧。第11条，不说了，这是中国式婚姻过去的坎儿。妈妈永远是自己的好，孩子永远是自己的好，婆媳关系真不是将心比心就能平衡的，那怎么办？与其让男人夹在两个女人之间左右为难，不如一开始冷静下来多考虑一下，为人妻子，为人儿媳该如何自处。这15条归结起来，其实就是一条，你得是真正意义上的成年人，有独立精神、有担当、有承受力，如果你还没有这些，结婚的事还是先放一放吧。

第六章

两情若是久长时，若即若离在一起

有句话怎么说，女人一恋爱智商就下降，那些在恋爱中智商下降的女人，估计恋爱前，智商也未必高到哪里去，因为一个不懂得做好自己的女人，最多只是漂亮的芭比任人摆布。而真正能够掌握自己的女人，首先是明白自己想要什么的女人，即便男人已经用柔情蜜意的目光紧紧将她包裹，她也要慢下来，回敬以最锋利的伽马射线，看穿他的真心。

前几天，天气突然变冷，朋友圈马上开始流行一个笑话，这种天气的到来，会瞬间看清两人的关系！

女："好冷！"

男："那抱抱吧！"

这是早恋！

女："好冷！"

男："来吧，衣服给你！"

这是热恋！

女："好冷！"

男："谁让你穿那么少……"

这是已婚!

女:"好冷!"

男:"瞅你穿那点儿玩意儿!

这是结婚超过七年了!

女:"好冷!"

男:"该!咋不他妈冻死你呢!别和我说冷!"

这是外面有人了……

看过之后,很多女朋友开始问自己的男朋友进行测试,对号入座。其实,从初恋到热恋到婚姻,再到逐渐走入瓶颈,起合转折,很多人都觉得这是感情的自然规律,理所应当,七年就会一痒。无论我们怎么说,怎么教,谁又能保持住爱情永久的新鲜度呢?

听惯了别人的故事,总觉得自己的也大多逃不过这个套路吧,初恋时羞涩,热恋时激情,结婚时开心,婚后就是淡然,然后准备迎接一段逐渐归于平静和细碎的柴米油盐。等着把爱情全部耗尽成亲情或者友情,这一世的感情,要么就此了断,要么另寻出路。

可是,姑娘,没有人的感情是一样的,你在这个世界上找不到两个同样的人，所以，你也找不到两段同样轨迹的感情。别用别人的经验惩罚自己，你有权利生活得更幸福。

一辈子那么长，要想相爱到老，必须经历一些阶段，但是这个阶段并不是像笑话中那么简单的划分。它应该是一个良性线循环的阶段进行，而每一次交替，就像一次《明日边缘》中阿汤哥的重生一样。而每一次重生，杀伤力都能再进一步。

第一个阶段，初爱期。你们从朦胧的感触，到互生好感，到难舍难分，认定对方。你觉得自己可以和对方爱到"山无陵，江水为竭，冬雷震震，夏雨雪，天地合，乃敢与君绝"，此生非君不嫁，可是爱情并非一帆风顺，很快你们会因为这样那样的事情开始争吵，不可避免互相埋怨，哪怕只是一时之气。

如果此时的你为了速战速决，不想再浪费时间在这个你已经觉得不合适的人身上了，你们很快就会分手了。痛虽痛，但是你会安慰自己，长痛不如短痛。

于是，你这轮游戏彻底结束，只能重新开始。可是如果你让感情冷静几天，跳出来，再权衡这段感情，你会发现这些都是感情的插曲，低一低头，没有过不去的坎儿，毕竟爱大过于不爱。想通这一点，你也就熬过了初爱期。

初爱期的感情最多的除了激情就是怀疑，可是怀疑就是给我们留下思考的时间，提醒我们无论是否在一起，都不要冲动作出决定。

能够走入感情的第二个阶段承诺期，都是理性而勇敢的。女人总是喜欢向男人要承诺，其实，女人最好的承诺，最有安全感的承诺，是自己对自己的承诺。

当婚礼司仪郑重问你是否愿意和他一生一世，那一声"我愿意"同样是说给你自己的。什么是承诺，汉语词典中解释，一个人对一个人说具有一定憧憬的话，所以，承诺一般都是美好的。你们承诺要结婚，你们承诺要彼此相爱，你们承诺要永不分离，其实，承诺的内容都不重要，重要的是我们是否会按照承诺的内容去做。

你们给彼此做出了承诺，你们以为一定会向着承诺的方向发展。但是你们又错了，一路上的诱惑和阻力一样多，所以，你们又开始后悔和动摇，你的人生又出现了新的分岔口，向左走，你开始给你的承诺找借口；向右走，你会给你的承诺找办法。找到借口的，都兵分两路了；找到承诺的，都继续百年好合着。

挺过了承诺期，你们即将进入的是感情中最关键的一个时期，惯性期。惯性期的状态，在于你前两个阶段的投入，这个时期，更像一个投资回报期，你在前两个阶段投入的什么，在这里就会收获不止双倍的回报。

人都是懒惰的，他们没有力气一直紧紧拥抱，但是如果你已经将拥抱写在了生物钟上，他们就会习惯拥抱；他们不会每天都陪着你吃晚饭，但是如果你已经将一起吃晚饭刻在了他的脑门儿上，那么他就永远不会忘记这件事，明白了吗？没有人能随随便便获得想要的幸福，收获和投入永远是成正比的。可是要到达终点前，你的感情又会出现选择，岁月静好并不一定是每个人的追求，你听过多少人在分开后说，不是我们的感情变了，是我们的感情太一成不变了，所以，向后走的人去寻找新的刺激了，向前走的人，因为爱，在寻找改变的途径。

让我们来说说感情要经历的最后一个阶段吧，黏着期。这是感情的最高也是最终阶段，你们之间已经不再需要担心小三和婆婆，不用担心从天而降的意外之财还是一夜之间倾家荡产，无论天地人谁也无法把你们分离了，因为你们已经成为了连体怪婴，身体和灵魂永远有一个是黏着在一起的。

这四个感情的阶段是感情一定会经历的，可是很多人都在路上迷失了，他们走不到最后，甚至不相信，真的有人能够走到最后，为什么？因为你一直还没有学会慢下来。没错，感情，一定会经历从热到冷的过程，所以，快的人就在感情冷却的时候离场了，而慢的人却看到死灰也能复燃，而且一浪高过一浪。

慢下来做什么？慢下来，就是在你们的感情跨过热恋走进瓶颈的时候倒带回头，寻找能够冲热爱情的能量，让爱情再次回到最初的热恋，并当下一个瓶颈到来的时候，有足够的力量再次回到最初。你看到了，瓶颈是在爱情的每个阶段都不可避免的，重点是你是否有勇气，像我们说好的这样走下去。

爱不是电影，是韩剧。不是一两个钟头就可以从此幸福地生活在一起，而是百集长篇，一定要遇上、误会、分离，你进我退，我攻你守，忍耐连腌泡菜的镜头也能有十分钟的乏味感。但不是没有快乐的，如果你可以用心体会。

如此反复，时间距离都被承担后，才会出现最后的结局：他们一起老去，在湖边一起散步、晨练，看着远处的日出。

再强大、再自立、再能赚钱的女人，也会渴望拥有一段完美的爱情。爱情是美好的，但前提是我们遇到了对的人。

很多爱情的快乐都一样，悲伤却各有各的样。这其中的伤痕中，最多的是遇人不淑，你恨他翻脸无情，你恨自己当初瞎了眼，却不敢恨自己优柔寡断，不肯离开。你曾经信誓旦旦的爱情，在时间的浸泡下，在对方逐渐冷漠的态度下，已经褪了颜色。而那时候的我们，仍不肯相信，不愿放弃，最后的最后留给我们的也只剩伤痕。

女人是感性动物，很多女人陷入感情后，都觉得爱情最大。对方是自己的一切，当爱情结束了，依然当断不断。我们重感情，我们对爱情深信不疑，这些都是我们的优点，更是我们的软肋。

当我们遇到了一个开始怠慢自己的男人，应该怎么办？答案唯一并且坚定，那就是尽快离开他。他怠慢你的理由实际上只有一个，那就是你不再吸引他，他不再觉得你有多么特别，和别的女人也没什么不同，只会让他感到平淡和无味，在你身上他再也看不到任何神秘色彩，逐渐对你失去了兴趣，你的毫无保留已经成为他腻烦你的理由。

一旦发现有这样的迹象，千万不要心存幻想，觉得对方的这种态度只是暂时现象，往往，这是你们爱情破裂的导火索。

当一个男人开始怠慢你，相信他已经不再爱你了，只是觉得还不至于马上分手而已。无论他过去有怎样的海誓山盟，你们之间又有多少浪漫的故事，不管你们当初是多么一拍即合，他已经觉得你没那么重要了。不要觉得自己输了，更不要不开心，感谢自己发现了他不爱你。

别傻傻地想把他揪到咖啡厅谈个清楚，你哭哭啼啼，你苦苦哀求，你百思不得其解，你总想知道为什么。而最可怕的就是什么事情非要去求一个结果，得出一个答案。你又何必这样苦苦折磨自己呢？不要问，不要哭，不要等，不要有所期待。

有时候女人是自己放下了本来的骄傲，当一个男人开始怠慢你，试着果断一些，勇敢一点。离开他，并没有你所想的那么困难。

我们要具备对感情的分析能力，也要有自我疗伤的本领。哭完以后，好好想一想自己和对方的问题所在。他是不是真的有那么重要？是不是真的那么值得让自己每天活在烦恼之中？就算他真的百里挑一，就算你们经历过最刻骨铭心的事，可是现在，他已经不爱你了。

你爱他，但他开始冷漠你，怠慢你，在你需要他的时候，他不再选择奋不顾身地出现，你需要安慰的时候，他只会火上浇油，当你希望一个人静静的时候，又得不到他的理解，可你仍是那么义无反顾地爱他，包容他。到现在，失去的是他不是你，他失去了一个如此爱他的你，这是他的损失。

而你只是丢掉了一个不爱你，不值得你继续浪费时间的人。这样去想，你应该高兴才对。因为他不再爱你了，所以你才有了自己新的生活。在一个人的清晨，终于不用卑微爱着，走出去看看外面的世界，还有很多爱你的人在等着你发现。你深深呼吸，漫山遍野的花朵，总还会有一朵为你而开。

爱情没有对错，只有是否珍惜，你比他早一步离开了，你也比他早一步重新生活了。不要觉得这样的结果是爱的残缺，你已经做得很好了，至少你曾经很投入，你感受过了爱情中的快乐，把美好留在脑海中。爱情不一定都是永恒的，而你保留下来的关于爱情中最甜美的记忆，才是属于自己的。

果断一直是女人所缺少的，我们心思细腻，感情用事，非常感性，和男人相比我们时常注重感受，而男人似乎是有一套公式，一旦我们没有驾驭好，偏离他们的公式的时候，他们的心里已经没有你了。

果断也是自尊自爱的表现，苦苦等待，不愿放弃，他不但不会感激，还会觉得很烦。女人，无论何时都不要放下你的尊严，别纠缠过去，在明知道没有结果的事情上浪费精力。理智的女人才会懂得如何保护自己，不让自己在爱情中受伤。

　　所以，亲爱的，你一定要让自己骄傲起来，学会放下，学会舍得已经不再属于你的感情。聪明的女人不会拖拖拉拉带泪水前进，你要有寻找幸福的勇气，认真思考。如果问题不在自己的话，那就放开手吧，放生彼此，骄傲前行。

认识一百年也要保持神秘感

紫色为什么对男人来说具有吸引力，因为紫色在心理上给人以神秘难以琢磨的感觉。男人都一样，没错，你对他好，他会对你好，一直对他好，他就忽视你的好。他夸你穿红色真好看，你每天都穿红色，以为很好看，突然有一天他会愤怒：为什么每天都穿红色？没办法，男人比女人更善变，所以，要保持爱情和婚姻的持久度，就要制造新鲜感和神秘感。

我有一从高中就开始恋爱的奇葩朋友，他们认识超过二十年，恋爱也有十年了。有一天聚会，女生突然唱了一首《夜夜夜夜》，男生竟然激动得要哭了，这是他第一次知道自己的女朋友唱歌竟然这么好听，因为他以前一直在女生面前卖弄和炫耀自己的歌技，甚至很白痴地认为她根本不会唱歌。

又过了一段时间，在一个朋友的婚礼上，女生接到了手捧花，大家起哄，让她表演节目，男生胸有成竹地觉得她肯定歌声一出，惊艳四座。谁知道，女生竟然选择跳了一段爵士舞，男生彻底被征服了。

同学们都说他俩是奇葩，从中学认识到现在，大半个青春都厮混在一起有什么意思，可是慢慢我们也领会到了，是有意思，智慧啊！女生总是不断有惊喜和意外展示出来，男生甚至都不知道她什么时间学习的这些，更不知道她接下来还有什么过人的举动，她就像一块诱人的蛋糕，让人觉得已经完全掌控了，却每次只切开一小块。

记得以前看过有个女作家的故事，她是职业作家，每天都在家里写作，但是不管当天她完成多少工作量，在下午 3 点的时候，她都会精心打扮自己，因为她先生 5 点钟会回到家里，她要穿着漂亮的衣服陪他一起吃饭。可能有人会觉得她的举动多此一举，又不要出门，反正都是在家吃饭，再说为什么女人一定要取悦男人呢？其实，让自己保持新鲜感，充满神秘感，不仅仅是为了取悦你的另一半，更多的时候，这么做是为了取悦自己。

日复一日的单调生活，会让我们渐渐变得麻木起来，一个人如果对生活不再有激情，乐趣也就会随之变少。我们都乐意接近那些让我们能够感受到美好的事物，对于你的朋友和另一半来说，他们也是如此。所以，多花些时间在自己身上，不要让对方认为他已经"吃定了你"。

有一句话我很欣赏：对于男人来说，最好的爱情就是要让他感觉无法驾驭你，而你似乎随时都有可能离开他。你的不断完善，会让他始终处在"半安全感"中，千万不要认为这很残忍，相反，这对你们之间的爱情保鲜很有好处。都说女人是一本书，而你要做什么样的书呢？是单调乏味一眼就可以看到结局的滥俗小说，还是一本充满哲理，百看不厌的国外名著呢？

成熟的爱情不透明

　　亲爱的，还记得多年前的那个你吗？曾经，你为了橱窗里那件小一码的新裙子，几个晚上不吃饭，终于美美地在某个晚上兴奋地打给朋友，可以一起穿着去Happy了。你有多久没有为了结识新朋友，主动参加些有趣的主题派对了？你有多久没有接到过朋友们邀请你去新地方的电话了？你又有多久没想起那个在生日派对上玩得最疯狂的自己了？……那时候，你还年轻？不，现在你仍然年轻。那时候，你天不怕，地不怕，像一树迎春花；而现在，你不争风，没兴趣，像一枝被风干了的山茶；那时候，你孤家寡人，你是众人瞩目的焦点，你愿意为了成为焦点而武装自己，饿一顿算什么？早起一小时化个妆算什么？可是，为什么，那些欢腾的日子一去不返？为什么，把你的生活稀释到只剩下家人和柴米油盐酱醋茶。你以为，能使女人安定的是婚姻，但是婚姻却是最容易毁掉一个女人的定时炸弹。

　　婚姻像一道减法，磨灭了女人单身时的魅力，进化我们付出和照顾他人的能力。爱是修行，是心灵的宿命，有什么样的心灵和态度，就有什么样的婚姻。年华盛好，家人健康，一路走来都别来无恙，可是你却已经成为了岁月的炮灰，任无情的杀猪刀在你身上乱砍。

这就是你朝思暮想、奋不顾身的生活嘛？NO，NO，NO！即便相爱了，即便结婚了，请你也要保持单身的状态。请你也不要把自己像蚕宝宝一样，一下子就蜕掉所有的秘密。你以为赤裸相见，在男人面前就能成为美丽的蝴蝶吗？一眼望穿的爱情和你，都像隔夜的茶水一样，既没有口感，也没有卖相。

像单身时一样保持魅力

单身时的你出门赴约前，至少花一个小时打扮自己。你总是觉得衣柜里少一件衣服，头发至少每天应该清洗、造型，即便贴上创可贴也要穿上高跟鞋；就算今天是休闲范儿，也不忘了里面穿上性感的内衣，包包里永远备上一双丝袜……可是婚后的你呢？买得最多的是居家服，你觉得舒适大过一切，你穿着人字拖就敢去赴约。老同学聚会，你连件正式的衣服都没有了；你因为早上要给老公和孩子做饭，常常没有时间洗头，随便绾起来就好了；内裤舒服就好，无所谓与内衣配套这一说；睡衣经年不变，出门素面朝天。

亲爱的，你在自毁前程。降低婚前魅力值，会让你在不知不觉中流失掉自信心。你会说，我不再需要吸引男人的目光，已婚女人不就应该安分一些嘛，可是漂亮不仅是给男人看的，更是给自己看的。虽然婚后的你不再需要追求者，但是一个没有外在魅力的女人，在上司、客户眼中，同样是一个黯淡的女人。不能给人眼前一亮的感觉，很可能会降低成功的效率。

你应该把一个人出门时的自己，当成单身时的你，把跟老公一同出席的场合当成第一次作为他的女人与公众见面。购置衣服时，把自己的年龄缩小五岁再掏钱。只要出门就要优雅精致。你不放松自己，别人才不会在你的生活中有机可乘。

继续保持你的一项爱好

单身时的你一定有很多兴趣爱好，朋友们打球想到你，同事们聚会想到你，网游里有你的ID，自驾游有你的座席……总之，你有很多新主意，有很多搞笑的话题，绝对是朋友中最有趣、最精彩的NO.1。

可是婚后呢？你的话题像祥林嫂一样都是孩子；你只认识广场舞的大妈，孩子同学的妈妈，补习班里的老师，菜市场的小贩，还有超市的促销员。告别生活中趣味性的事件时，你已经变成一个乏味无趣的女人了。男人都喜欢全职太太，为他和家庭牺牲自己，可是他们并不喜欢乏味的家庭主妇。

他们自私又贪心，他们希望自己的太太能把家庭照顾得无微不至，又希望能和她们有共同的话题，能一起探索新鲜事物。如果你只看透了前半部，很快就会有人取代后半部。你不是一个平庸的女人，即便结婚了，即便做了全职太太，也至少要坚持一项单身时的爱好，比如健身、游泳、阅读。每天一定要看新闻，也别拒绝财经和体育。男人的话题少不了这些，婚前他为了追求你，豁出去了，可是婚后他们会变得小气而挑剔，别让生活的车轮把你们碾得分崩离析。

结识一两个异性朋友

单身时的你，曾一个月内结识两个不错的异性朋友，他们都对你有一点小企图。有男人的地方，你就会有一点回头率。昔日大学男生，公司里的男同事，都喜欢和你在一起，追不到你的男生也不想失去和你做朋友的机会。

婚后的你，两年都无法认识一个新男人，更别说发展成朋友了。QQ 里基本上都是熟识的亲朋好友，手机里没有一个让老公觉得陌生的异性号码。你给所有认识你的异性唯一的感觉就是，已婚，无趣。亲爱的，婚姻不能因为一个男人而跟全世界的男人绝交。异性缘的退化，会让你失去了解男人真实想法的机会，同时也无从得知自己在异性眼中究竟是一个什么样的女人。但是我并不是教你出轨，精神上的也不行，你们的交往只是从更深更广的层面商讨男人的想法，他们是你了解男人和你老公的镜子，他们也是你调整自己的军师。

戒掉婚后依赖症

单身时的你，在生活里灯泡坏了，在男人看来简直就是一种福利。你在黑暗中等待半小时，他一边安慰你，一边帮你修理；马桶坏了，他有三种方式让它顺畅；你一句不舒服，他跑三条街买那种不苦的药给你吃。可是婚后，这一切就是会不同。如果你连举手之劳都要等着老公回来大显身手，已经不再是给他机会展示自己的多才多艺了。

婚后依赖性，会逐渐形成将决策能力和家里的主导权也让给男人。女人在退化了动手能力中，也失去了独立性和性感。对男人的无形依赖，也会给自己心理上造成一种"离开他无法生活"的弱势感。

你应该尝试做任何事情，自己先去处理，抱着一种"我在一个人住"的心态，让他知道你独立完成的小成绩，同时索取一点甜蜜的奖励。要让他有一种你不想让他太辛苦，而不是他的存在完全多余的感觉。当然，这种不依赖要适度，不要逞能。大事交给男人，小事自己搞定，不能本末倒置。

可以相濡以沫，也可以相忘江湖

相爱之后，还有千山万水

梅姬从来没想过会那么轻易和一个男人相爱。可是和大多数女人一样，她轻易被人从孤单世界拯救出去了，就像紫霞仙子，看着至尊宝轻轻地踏着七彩祥云来了，伸出手就当把她带上了蓝天。因为那次告白太盛大了，就像电影中的某个桥段。盛大得就像梅姬如果不答应这样一场求爱，就天理不容。梅姬内心不是不挣扎，也不是不感动，就那么一瞬间的犹豫，她在半推半就中成了他的女友。可是爱不是一次告白就万事大吉，那不是一个结束，而是一个开始。

梅姬并没有在这次告白之后做出什么改变，当男人质问她为什么没有每天晨昏定时汇报行踪，彻底触怒了梅姬。她仅仅是要做他的女友，从今天起，尝试着和他一起千山万水，并不是要失去所有重心，更不是失去自我。男人啊，爱起来，想疯狂占有；不爱了，就想立竿见影。梅姬笑了，即便所有人都在讲男人如何如何爱你，男人如何如何财色兼备，可是那就是爱吗？如果仅仅因为一次盛大的告白就以身相许，这爱来得也太廉价，梅姬还是离开了。相爱了，还有千山万水要一起走，她不能在一开始就给爱情画上句号，而且还是一个并不圆满的句号。

接下来的故事很有趣，梅姬和男人好像进行了一场游击战。梅姬走过很多地方，男人一直在追随，梅姬并没有拒绝，想知道她每天的生活可以，请自己花心思去探寻，她从不主动告知，可是男人总是能找得她。这样的关系像风景纪录片一样，拍了三年，终于梅姬和男人走进了结婚殿堂。走过千山万水，还有更多的万水千山，男人和梅姬终于可以肯定他们之间的感情不是因为那一次盛大的告白，不是因为男人的多金多情，而是真的相爱。她驯服了他，他成了她这个世界上唯一的玫瑰花。

敢分开，才敢继续爱

三十岁即将到来的时候，她以完美的姿态完成了人生的第二次出走。第一次，是大学毕业的时候，她为了他背起简单的行囊，挤进了暑假高峰期的列车，顶着35摄氏度的太阳，穿越到深圳，一无所有，只有他。在荷包干涩、思想幼稚、心态狂躁中搅和着的所谓的爱，如同投在车窗上的闪电，惊心动魄。

她在他的公司里上班，只因爱他，便把爱他当成了爱他的公司，这样，她便可以每天二十四小时拥有他，十六小时在工作，八小时在拥抱。她是公司里最优秀的员工，她为了接单，无所谓工作到通宵；她为了客户满意，勇敢地将一整杯白酒一饮而尽；她为了成为公司的老板娘，悉心经营这一切，可是她始终不是。公司里所有人都在讲，他只是在利用她的能干，用感情冲抵高薪，他永远不会娶她回家，因为他已经戴上了婚戒。

她不是不想听，只是假装听不到，从二十三岁到三十岁，她把全部感情和生活都投入在他身上，哪怕不爱了，不要了，她也想多耗一分是一分。她没有改变的勇气，她甚至不知道，离开的那一刻，她该去向何方，她想如果真的分手了，她甚至不会再爱了。

可是，他还是开口了。"谢谢你对我的付出，可是……"可是什么都不重要，她都没听见，甚至没有听见他说的那句"留下来！"第二次，她不得不选择离开。可是她没有哭，她先说了分手和祝福，真的没有那么痛。

她跳下车，优雅转身，相信直觉，告诉自己这辆车不是奔向王子舞会的南瓜车，哪怕一回头，也会丢失了骄傲。这曾经在电影中才会出现的桥段，真实地刺痛着皮肤，不用再惺惺作态，不用再泪往心里流，没有了当初逃离的绝望，却发自内心想要离开一些什么，让自己把有限的青春投入到更加美好的未知中去。

有些事放在一旁比揣在怀里要来得踏实。他们的关系就此结束，男人成功地和他期待的商业合作伙伴达成了姻亲，可是并没有感情的温热，也没有躲过金融风暴，他通过所有的线索想找到女人，重整旗鼓，说一万次对不起。终于，他找到了女人，她没有接受他的道歉，不是心里还有恨，只是女人知道，他并没有对不起自己，是她自己对不起自己。早知道分开是幸福的开始，她才不会让自己一直伤心。她并没有失去爱的能力，反而找到了真正的爱情，她不必委曲求全，也不必给自己他爱她的借口。

总有一个女人，让男人也泪流满面

总会有一个女人，让男人泪流满面，不是你就会是别人。

她从来没想过自己的婚姻也会受到小三的冲击。大学毕业，他们没有说分手，而是马上结婚。他不负众望，成家后就立了业。她为了生儿子，照顾母亲，蜕化了全身的魅力，成了全职主妇。多年后同学聚会，她甚至不敢出现在那些戏称她为班花的同学面前了。可是还要她怎么样付出呢？男人竟然背着她有了别的女人，而且就是在送儿子上学的路上，大庭广众，光天化日，他们就公然勾肩搭背。她应该冲上去，大骂两个臭不要脸的，然后抽上小三十几个耳光，对男人捶胸顿足，你对得起我？看看自己这身打扮，早上起来宽松的休闲装，甚至连背包都是婆婆早上让她带上的"菜篮子"，送儿子回来的路上，别忘了上趟菜市场。自己看着都恶心，怎么和旁边那个身材高挑、一身名牌的小三斗啊？

她没有怪男人，她只怪自己这些年早就放弃了自己。她以为有了家，有了孩子，有了不断的付出，男人就该服服帖帖，可是凭什么啊？时间在一分一分流逝，所有人都在进步，只有她在退步。

她不动声色地拿出了这些年男人给她的零花钱，她总是舍不得，要留给儿子，要留给婆婆，自己已经几年没有添置过新衣服了。看看数字，已经要不止六位数了。送完孩子，她开始逛街，做美容，学习她早就喜欢的舞蹈。可是这些男人都毫不知情，直到男人公司周年舞会，他必须带她出席。起初他甚至担心她太土气，帮她选择了衣服。看着礼服她笑了，这比不过那女孩衣服的十分之一的价格，她穿了自己的战袍。当她以女主人的姿态出现在舞会上的时候，他看见了女孩的汗颜。当他和她一边跳舞一边说着情话的时候，她告诉他，她下个月就要走了，去美国，带着儿子，她一切都办妥了，她带儿子去美国读书，她自己也要继续进修。这里交给他和她吧。

一瞬间，男人在所有人面前忍不住流泪了。可往事不可追，他就算再不喜欢妻子，也知道她的脾气，他无法改变她。可是两年后，他成功地把妻子重新追了回来。她庆幸自己没有像一个主妇一样当街和小三对打，那一巴掌的痛快会彻底打散一个家。

一生需要多少男人做踏脚石

艾雅是闺蜜中相亲最多的，档案能写一部电视剧。身边的朋友一拨一拨从结婚请帖发到了孩子满月请帖，甚至已经到了入学宴请帖。可是艾雅的日子还是涛声依旧。

找个好人就嫁了吧！这是歌里才会唱的，谁和艾雅说，她和谁急，饱汉子不知饿汉子饥，有好人不早嫁了嘛！可最近，我发现艾雅虽然依旧在不停地相亲，可是已经完全不再把结婚当作一回事了。这样挺好，男人站在我面前，我就已经知道他脑袋里想什么，总有一天，FBI会慧眼识珠的。我俩都笑了，但是我知道，艾雅并没有放弃爱情。因为见过太多的男人，她更懂得不会轻易和谁结婚。

第一个相亲的男人教会艾雅，不够高挑就别穿太长的连衣裙。男人跟介绍人说，没有照片看起来那么高嘛，从此，艾雅学会了如何穿衣打扮自己；第二个相亲的男人抱怨艾雅太强势了，说起话来自己完全插不进去嘴啊，从此，艾雅学会了做女人有时候不得不柔软些，何必太强势，自讨苦吃；第三个相亲的男人因为艾雅每次吃饭都和他 AA 制，从此，艾雅知道了，男人都一样，千万别替他们省钱……

从此，艾雅淡定了。她已经在相亲中成精了，她不是极品女人，但是绝对是女人中的上品，是男人教会了她如何吸引男人，是男人教会了她如何挑男人。就算那时间留给了她一堆荒芜与皱纹，那又怎么样，要去死吗？什么叫浪费了青春，青春本来就没有界限，只不过是那些不怀好意的人在卖弄幸福的时候一种炫耀的标签。至少会爱，还在爱，艾雅觉得自己还在青春。

感谢那些不懂得欣赏我们的男人，如果不是他们，我们在荒芜的人生里不会成长得如此之快，我们不会知道根本没有必要把爱情当作事业。除了恋爱，人生还有那么多东西可以去探究。人生乐趣的产业支柱越来越多样化，任何一种都可以让你欢乐每一天。爱情不是朝奉的唯一对象，更值得朝奉的，是你自己的未来。

前度相见，红尘热恋滚滚来

她爱上了一个人，又错过了他。那时他们迅速沦陷，迅速盟誓，他与她陷入爱河，浓情蜜意，甚至谈婚论嫁，还说要立马回家去偷户口簿闪一个婚，或是干脆趁着花好月圆先造个人然后私订终身。遗憾的是，如同太多看似完美的感情一样，迅速完结。

那时他想要找个好女人安顿，她想要找个好男人皈依。可是越相爱，越恍惚；越想谈婚论嫁，越是逃避。只是愈完美就愈脆弱，当彼此越来越近，他们却发现对面隔着千山万水。那一瞬间他不是害怕，而是恐惧了。他惧怕与一个女人从此天荒地老。

她又何尝不是。当他开始犹豫，她也开始退缩。她从此上班下班，洗衣做饭，有殷勤的男人前来送花，心情好，收了罢；心情不好，不理会密密麻麻的来电。这般的日子，岁月安好，也不曾觉得有什么缺失。

她对他不是没有感觉的。他必定也是，甚至多过于她。不然，何必在分手如此久之后，要做一件男人从来不屑于做的事，在某日静静地发来信息问她一句：你最近好不好？

只因这一句，他们又重逢了。她坐在前男友的面前，静静地抿一口咖啡的时候，她终于鼓起勇气，与他对视了一眼。如同他们的习惯一样，他拍了拍她的手，她会心一笑，尴尬全无，多少过往，一笑泯恩仇。最终当然他们没有在一起，一万句我爱你，也比不上刚刚的会心一笑。

再后来，他们又重逢过，彼此结婚，都有了孩子。他们竟然还像老朋友一样坐在一起，交谈起了育儿经。这是世界上最稳定的情感了，没有了爱，自然没有了恨，宽容了他，也饶恕了自己。

如果，你已经努力阅读到这里，那么无论是向我拍砖抑或能真心道声感谢，我都希望你别前功尽弃，为了最终的冲刺，每日给自己来点鼓励。其实，我们的大脑是很容易被催眠的，这就是为什么各种直销传销总能找到市场，也是为什么心灵鸡汤总能找到读者，这也是为什么我还在这里写着这些话的原因。其实，别人的话未必真的在智商层面高出你多少，传递的信息也未必是你不知道，只是你更需要被鼓励。你点头，是因为我说的是你想的，你认同是因为我们想到一块儿了。所以，如果你迷失在别人催婚逼嫁的"淫威"之下，不妨每日给自己来一剂催眠针，强化洗脑，我不着急，我不着急，我不着急……下面，LADY们，演出开始了：

第一首歌——蔡依林《愈慢愈美丽》

慢呼吸／慢游戏／慢爱情／慢慢聆听／慢努力／慢慢着急／愈慢愈美丽／慢开心／慢忧郁／慢计算星星／慢慢看日出的轨迹／放心忘记／没有来不及／无重力／让情绪／通通地安静／休息／慢呼吸／慢慢珍惜

慢的好处是什么？蔡依林的这首歌告诉我们，慢，你就占便宜了。比如说，男人是一本书，如果你快，只能看到男人的十页，就草草作了决定；如果你慢，就能看到一百页。再比如，你面前有一公升的新鲜纯氧气，你快，就只享受那么十分之一，可是你慢呼吸，一口气吸到底，搞不好二分之一的氧气都被你消耗了。所以，如果你不是去超市抢购特价菜的大妈，快和急对你没好处。

第二首歌——王菲 / 奕迅《因为爱情》

给你一张过去的 CD / 听那时我们的爱情 / 时会突然忘了 / 还在爱着你 / 唱不出那样的歌曲　听到都会红着脸躲避 / 然会经常忘了我依然爱着你

其实，听到这里，总忍不住想起另外一首歌《情人总是老的好》。男人们虽然贪新鲜，但是毕竟不是真的下半身动物，脑袋也不是装了核桃仁的摆设。别说男人不懂爱情，那要看你是不是让他动情的爱人。如果你不是第一张进他记忆的唱片，就别去触动他怀旧的神经。想想集万千宠爱的甄嬛娘娘，是付出了多么大的代价才得知自己不过是一个替身而已。即便给你一把杀猪刀，你也不能在他心里看明白到底有没有另一个她。唯一有效的良方依旧是别急着作决定。

第三首歌——王菲《怀念》

对着空气 / 击着你的问题 / 辞每次 / 实的相聚 / 着自己 / 望着你的消息 / 沾自喜 / 绝的魅力　不着痕迹 / 受着与你的距离 / 许喜

欢怀念你 / 于看见你 / 也许喜欢想象你 / 于得到你

相见不如怀念，是因为怀念是一个形容词，凭怀念就能想象出一个完美情人。是"见光死"并不是网络专利，接触越多，就越能揭穿自己的本来面目。不是说你的本来面目不好，而是在你不能吃定他之前，你得先学会"遮丑"。想当年李敖和胡因梦还不是一对璧人，可是李敖竟然因为目睹了胡因梦上大号时的狰狞，再也无法还原她的美貌了，最终两人也曲终人散了。

第一部电影——《芳芳》

苏菲·玛索的经典电影《芳芳》中最后一段台词令人印象深刻，充满着慢爱的愉悦感："每个早晨我都要离开你，每个黄昏你都要把我追回来，一天一天爱下去。"电影中的芳芳邂逅了亚力，一见钟情。为了留住对芳芳像初恋一样的热烈情感，亚力决定一生都要追求芳芳，却不与她发生关系。他与前女友分手后，住到芳芳隔壁，在房间里装了一面单向可见的镜子，这样就可以和芳芳同居，热情又不减退。

在每段感情开始前，我们似乎也都容易陷入这样的焦虑中，"我爱一个人，一切都好，可是终有一天会失去，怎么办？""我想爱一个人，但怕自己的热情很快退去，会两败俱伤。"

感情一旦开始，就慢慢用心经营，保持个体，而不是一上来就合体。学学电影里那样的若即若离吧，让恰到好处的距离和了解慢慢积淀沉稳的感情，适当的神秘感是维持热情的好方法。对方是另一个玄妙的世界，心怀敬畏与好奇，慢慢探究，不要被一上来就实现的合体而蒙蔽和封闭了 TA 本来的璀璨和风采。

第二部电影——《情书》

十几年后，藤井树打开藤井树的情书时，心碎的声音几乎穿透大屏幕。爱情的力量不是震耳欲聋，那也难免不是放了哑炮；爱情真正的力量在于细水长流，能平淡如水，也就能深入骨髓。在被网络高科技冲击的时代，你有多久没动笔写过字了？你有多久没写过一封信了？从 E 时代逃离，回归最原始的情书传爱，会让你们有完全不同的感觉。对那些对文字更加敏感的人来说，落笔于纸上和敲字在键盘有截然不同的意义，尤其是情感，跃然于显示屏显得冰冷而商务，而流淌于笔尖，边写边任感情肆意流淌，才是真性情和才情这种温暖的情书。待到吵架时，平淡时，年老时，情书就是你们最可贵的情感财富。当然，你也可以真的慢递爱情，把一个时间段内的情书慢递出去，待到七年之痒，或者十年、二十年乃至金婚时刻，再重温情书，一起浪漫回温爱。

第三部电影——《飘落的羽毛》

电影的故事很简单，但是却是绝对八十年代纯真范儿，干净的电影。尤其是让人在这个快节奏的社会里能够找到一点时间，慢下来，听到自己内心真正最纯粹的声音。影片讲述以著名画家莫克为原型的青年画家，在云南西双版纳写生时认识一位当地少数民族姑娘嫡锁，并在西双版纳的美景和淳朴之下与嫡锁发生一段爱情，并许下一生的承诺。可是当他回到上海之后，却毫无疑问地背叛了这段爱情。影片故事非常简单，而且带有少数民族地区以及 20 世纪八九十年代典型的淳朴，当然是显得稍微老土了点。

可也正是因为老土，才更显示出专情的弥足珍贵。《飘落的羽毛》看似简单，但是越简单的东西，比如爱情，却往往能够更加打动人心，更还原了爱情最本质的纯粹与美好。

在我们抱怨男人变心快，世界诱惑大的时候，为什么不能先慢下来，仔细看看自己周遭缓慢而真实的美景，体悟一下自己内心最纯粹的感情呢？

第一本书——《成为简·奥斯丁》

这是一本必须要和电影对照去看的书，又是一部必须要和作品对照去看的传记。

在奥斯丁的作品中，女主角永远是幸福的。她像一个童话的缔造者，她知道爱情本来就不简单，悲欢离合，聚少离多。可我们还有故事，在故事里，我们希望成全，让自己不够美好的生活变得完满。

我是先看了电影，才开始翻阅这本书的。简·奥斯丁和安妮·海瑟薇都是我喜欢的女人，从不以张扬去博眼球，却可以温吞煮掉整个世界。

可能每一个看过简·奥斯丁作品的人都会想，是谁给了奥斯丁灵感，是谁让她坠入爱河；又是谁让她在一段壮美的感情之后，平静地终身未嫁；又是怎样一个人让她将思念化成一个个智慧动人的爱情故事，让像我这样的人怨念重重。简·奥斯丁的伟大在于把自己的悲剧变成别人的童话。

喜欢初遇汤姆时候的简，湖绿色的连衣裙，隐隐约约有淡淡的光华流转，像少女青涩的心事，却在不经意间让人心思缠绵。头发高高盘起，又白又长的脖子露出来，像一只美丽的天鹅，那是一个女人最美的时候。他是一个实习律师，她是一个穷牧师的女儿，他们表白，他们相爱。看着那对深陷爱情的男女奔跑在清晨的森林，赶着去伦敦的马车，是快乐的，却也是忐忑的。这未必是一个幸福的开始，它来得太突然，就像一个美丽的肥皂泡泡，早晚会被现实刺破。

这是多年后这个世界上不会再出现的爱情场景，也是奥斯丁用一生也无法淡忘的场景。这是最真切的爱情，让我想到那个关于萧红的电影《黄金时代》，如果每个人都有一个黄金时代，那么这就是奥斯丁的黄金时代。不是她成为女作家被人敬仰的时刻，也不是她一百年后依然被追捧的时刻，而是有一个喜欢的人真实地在身边，不被现实所打败的时刻。我有时候常常在想，每一次当奥斯丁去描绘一段爱情的美好的时候，是否都会想到这一刻，而每当想到这一刻是否又都像是在撕裂她刚刚结痂的伤疤，是否她这一生在享受爱情小说带来的荣誉的同时，都没有逃脱爱情的折磨？

这不是一部能让人对爱情产生愉悦的书，却是值得慢慢阅读的书，它不会像电影版一样，将奥斯丁的一生用一段爱情来表述，甚至要从她爷爷的爷爷讲起。很多看似无关痛痒的人和事，你似乎只能从细枝末节判断，这些的确和奥斯丁有关。可是爱情又何尝不是如此，看似单刀直入的爱情，大多会死于草蟒，甚至连奥斯丁也不能免俗。所以，我想她不会给她的主角轻易的幸福，因为不轻易，所以才幸福吧。

最后，对这本书，我只想说，如它的简介里的第一句话那样："不是所有的爱情都要在一起，也不是所有的爱情都会善始善终。"所以，也许放慢脚步，这一切美妙也就会跟着被拉长。

第二本书——《纯真博物馆》

如果爱情可以收藏，你最想记住哪一点？我想很多人会收藏"纯真"。一段爱情，就像禅宗大师说的那样：从最开始简单纯真看山是山的爱情，到考虑太多生活问题，已经看山不是山，最后很多人的爱情被现实打败，获得了如意的生活，却丢失了最美好的爱情，才发现爱的最高境界，看山还是山。于是，有人在爱情丢失之后，建立了一座能够寻找真爱的"纯真博物馆"。

1975年，伊斯坦布尔。一个是有婚约在身的三十岁富家少爷凯末尔；另一个是少爷的远房穷亲戚、十八岁的清纯美少女芙颂。像多数的爱情故事一样，他们的爱情也始于一段美丽的邂逅，也像很多不能被成全的爱情一样，他们身份地位悬殊，注定不被世俗所容纳。可是相遇的那一刻，"我看见自己的灵魂从身体里走出来，正在天堂的一角抱着芙颂亲吻"。男女主角第一次纯真的会面。

正如纳博科夫所说："命运总是在无人理睬时才显出其本色。"是命运的铺排，还是欲望的纠葛，又或是爱情的萌芽，不管怎样，凯末尔和芙颂发生了一切能够发生的关系——他们互相紧搂着，贪婪地接吻，吻得那样投入，以至于他们觉得可以"走到最后"地做爱，大汗淋漓。这一刻，他们并未意识到，此后两人的命运会如此纠缠难分，他们将永远印记在彼此生命中。离订婚的日子越来越近，凯末尔愈加发现自己真正爱着的是芙颂，只有在跟她相处时，他才真正快乐；芙颂也明白"我的整个人生和你的连在一起了"。不过当芙颂要求凯末尔做出最终抉择时，凯末尔还是选择如期完成订婚。虽然在外人看来完美到极致的订婚仪式上他都魂魄出窍，不由自主地关注着以亲戚身份前来的芙颂的一举一动。

凯末尔最终解除了婚约，却发现芙颂早已离他而去。凯末尔开始疯狂穿行于与他格格不入的另一个伊斯坦布尔——穷困的后街陋巷，流连于露天影院，他疯狂寻找芙颂的影子，直到无法承受的思念使生活完全偏离。

这之后，他们有重逢，有占有，却不能再"纯真"，爱人虽然还在，但爱却只能融入回忆了。是为了回忆，凯末尔才慢慢萌生了建造"纯真博物馆"的念头。他用十五年时间走完 1743 个博物馆，创造出独一无二的"纯真博物馆"，那里摆放着有关他和芙颂爱情故事的所有物件。不论是作为对所失之爱的永久悼念，还是作为"对人生中某种痛苦、烦恼、黑暗动机的一种反应，一种安慰，甚至是一剂良药"，凯末尔的余生都在为建造这座博物馆而耗尽心力。在他六十二岁那年的 4 月 12 日，他死于心肌梗死。那天也是芙颂五十岁的诞辰日。

如果一段感情最终的归属地是一座博物馆，这是对爱情的景仰还是对世俗的嘲笑？《纯真博物馆》其实是一个讽刺，从一开始，凯末尔就失去了对爱情的纯真。在当时的土耳其，女孩发生婚前性行为是不允许的，会被看作行止不端。当一个女孩愿意将自己交付对方时，她告诉自己，他们终将幸福美满地结合，这是最重要的前提；而在男孩这一面，是因为女孩爱自己，并且愿意冲破世俗的禁忌桎梏。沉溺在欲望与愉悦中的这对恋人无暇顾及世俗的惊人力量，可是男孩却比女孩年长且冷静。第二次，他们炙热结合的时候，男人是带着一丝愧疚和自我寻找的，可是女孩却在以为丈夫和家庭谋求福利的姿态，委身于男人了。

只有物件能永恒，只有博物馆能写上纯真。前几天微信上有一篇文章《那一刻你没有出现，就真的不用再出现了》，爱情是要慢慢体会玩味的，却不是互相等待和折磨。如果那一刻，你没有出现，真的就不必自寻烦恼了，如果你还是执迷着追回往事，不过是在抡圆了胳膊，准备抽自己巴掌。就像凯末尔一直都知道的那样，"我对她的感情，我的痴迷，不管是什么，无论如何也走不到我和她自由分享这个世界的道路上。还在一开始我就在灵魂深处明白，在我讲述的这个世界上，这是不可能的，所以，我走上了在内心里寻找芙颂的道路。我认为，芙颂也知道我会在内心里找到她。最后一切都会好的。"

是的，最后一切都会好的。

第三本书——《恋人版，中英词典》

我有一个朋友，在大学时就和一个家里人看不上的穷小子恋爱了，毕业了就执意要结婚。家里人拗不过她，只能帮助穷小子安排一份相当不错的工作。可是果不其然，在她怀孕期间，男人就出轨了。孩子一满月，两人就办理了离婚，然后朋友毅然选择了去韩国。为了得到居住权，她和一个年纪和她父亲相仿的盲人经人介绍办理了假结婚。他们两个各取所需，她付给男人足够的钱，男人给她合法的身份，彼此早出晚归，几乎没有交集。讽刺的是，结婚第二年，男人意外去世了。因为她是男人唯一的合法亲人，不但获得了一笔不小的赔偿，还继承了男人虽然没多少的遗产。后来，她又结婚了，听说是三星集团的一个高层。这一次，到底有几分真爱，谁都说不清了。

讲这样的一个故事并不是想说她不听老人劝吃了亏，也不是想说她塞翁失马，虽然离婚了但是也算是交了好运……只是想说，其实在恋爱过程中，爱自然是我们最为看重的，可是除了爱本身，我们往往会获得很多意外的收获，或者是喜悦，或者是悲伤，看你怎么看。你觉得自己爱错了人，可能他只是事业心太强，不能陪你通宵去 K 歌，你觉得他是一个吝啬鬼，可能他只是在为你们的将来储存积蓄。你不会无缘无故爱上一个人，你也不会爱上一个毫无优点的人。所以，谈一场恋爱便享受一场恋爱，除了爱，可能还会有意外的收获。

这是一个很简单的故事，就像它的简介一样：二十三岁的庄被父母送到英国留学，抵达希思罗机场时，她发现没有人可以正确念出她的中文名字，于是便索性改名为 Z。Z 在电影院结识了一个英国男子，迅速坠入情网。她与英国恋人互相经历了爱、自由、性的启蒙以及文化轰炸。Z 在一点点改变，她的英文也一点点熟练流利，但她与男友之间的交流越来越困难。当有一天她的英语已经能够编写一部英语字典时，她的爱情也走到了尽头。

如果单纯当一部爱情小说来看，故事的情节是单一的，甚至小说中一直透露着淡淡的忧伤和绝望，单一到故事里几乎没有喜悦，所以，我一直没有把它当作一部小说来读，而是当作一部文化故事书，一部旅行游记，甚至一部英语词典。因此，读书的脚步也放慢下来了，一天只看几页，和别的书穿插着。小说中英文对照，每节之间以词语解读、举例的方式行文。选一个下午，坐在一个不熟悉的咖啡馆，就会体会Z身在异乡唯一的焦虑，体会两种爱情观的差异和文化的差异，在爱的悲凉与无奈里，慢慢去读懂这本小说。

第一个女人——林徽因

我说你是人间的四月天，
笑响点亮了四面风，轻灵在春的光艳中交舞着变。

你是四月早天里的云烟，
黄昏吹着风的软，星子在无意中闪，细雨点洒在花前。

你是一树一树的花开，是燕在梁间呢喃。
你是爱，是暖，是希望，
你是人间的四月天！

四月，一年中最珍贵的季节，一如初恋转瞬即逝。如果必须给林徽因的名字前放置一个女诗人的头衔，那么这应该是她最值得品读的一首了。有人说这首诗是在写徐志摩，也有人说这首诗是她在写自己的儿子。我倾向后者。如果林徽因真的把自己一生中最美好的一段时光去比喻徐志摩，我想她就不会为了逃避那些炙热的追求回国完婚，更不是一个绝世而传奇的女子。我想她其实才是更多人心中的四月天。

林徽因的一生有很多传奇，注定化解不开的就是爱情。

林徽因的爱情传奇，不在她是诗人的红颜知己，不在于她有一个为他孤独一生乐在其中的蓝颜知己。而是在众星捧月中，她从来没有动摇过自己的信念。作为一位优越的女性，她有能力选择更多更好的生活，却在浮华诱惑中一直忠于自己的心。

林徽因绝对是一个"慢"女人。如果不够慢，她可能会和那个时代的很多女学生一样，在一见钟情下，就投入了徐志摩的怀抱；如果不够慢，她可能不会反复思量与梁思成的关系，在最恰当的时机立业成家；如果不够慢，她可能不会处理好和两个男人几乎是同在一个屋檐下的柴米油盐。很多事情，都是因为操之过急而终身误的，林徽因的传奇确实是被"慢"写出来的。那样轻柔柔一个女人站在你面前，吟唱的就是爱，是暖，是希望……很多人都有这样或者那样的理由讨厌林徽因，可是我还是喜欢并欣赏这样一个女人。一辈子很长，寻找一个你喜欢又喜欢你的人真的不容易，像同时期的张爱玲说的那样，"千万人之中，遇见你所要遇见的人。于千万年之中，时间的无涯荒野里，没有早一步，也没有晚一步，刚巧赶上了，那也没有别的话可说，唯有轻轻地问一句：噢，你也在这里么？"可是这种概率并不大，所以，幸福有时候并不是懂得接受，而是懂得拒绝，之于早一步或者晚一步出现的人，不改初衷。正因如此，林徽因才能把一切最美的东西都定格在如初见般的永恒。

第二个女人——周迅

很多时候，觉得自己不再相信爱情。再怎么空灵，有多少凄美，结局都只是 0 摄氏度。当梁祝化蝶，飞蛾扑火，残存的就只剩下对烈焰燃尽的恐惧。但是我得承认，我是欣赏这种美丽的，就像欣赏周迅，看着她绕丝、作茧、破蛹，直至翩然起舞……挽着爱情向我招手。周迅是一个无爱不欢的女人，爱就爱得彻底，爱得赴汤蹈火，爱得粉身碎骨，即便失败了，也不会因此而失去爱的能力。周迅是另一个"慢"女人，不是她爱得慢，而是她一直懂得，慢慢享受爱的权利和幸福。

一开始，没有人认识她，一个不修边幅的女子，地地道道的北漂。翻过当年的挂历，某一页会有这么个眼神有点酷的女孩，有些特别，但也不至于惊艳。那年，她十八岁，为了一个自己深爱的男人——窦鹏，放弃了如画温暖的杭州，义无反顾地跑到了皇城根底下。也接拍过一些电影，《聊斋》里的"狐狸精"，《风月》中的"小舞女"，只有短短的几个镜头，却并不在意。用她自己的话说，"那个时候没想过出名，只要能和属于我的男人无忧无虑这么一直过下去，就会很满足了。"交往的第五年，她和他还是分道扬镳。

后来是静谧的《苏州河》，阴霾密布，河体污浊。周迅已经是女主角了，一个人分饰两个角色，而男主角是贾宏声，苏州河的故事流淌着，周迅和贾宏声也像剧中的男女主角一样，深深爱上了对方。只是这样的爱，仿佛注定了不会有什么结果。这个凄美的片子帮助周迅捧得了第十五届巴黎国际电影节"最佳女主角"奖，而贾宏声这个名字一并周迅的爱情却永远消逝在了苏州河上。

再后来是"那片笑声让我想起我的那些花儿，在我生命每个角落静静为我开着。我曾以为我会永远守在她身旁，今天我们已经离去在人海茫茫……"朴树也爱上了"那些花儿"，忧郁、悲凉，带着对爱情的感悟和生命的沧桑，他们让青春的激荡迸发出了最闪亮的光华。结果我们都知道的，两个同样棱角锋利的年轻人，到最后只能远远相望，因为只要在一起，他们就会伤到对方。与其相见，不如怀念，朴树最终娶了一个很像是周迅的她，但是大家都还记得那时的花开了……

再后来，是几近疯狂的黄蓉和靖哥哥，一句"他满足了我对男性的所有幻想"，喜忧参半，尽管那时他们顶着舆论的压力，还有另一个女人哀怨的眼神，可是他们陶醉着，不知归途。最终，这一段有始无终的爱情让她从巅峰之上重重跌下，坠落的时候，泪却随着风向上飞去。有谁知道真正射中大雕的是柔弱的黄蓉，只是用尽了力气，却没能改变故事的结局。

再后来李大齐、王烁……那些在她身边亲密牵手的男子一个个来了又走，徒留这个娇小的女子独自面对年华流逝。面对一次次爱情，周公子显现出来的依然是对爱的坚定。于是，她等到了高圣远，这个在华人娱乐圈的无名小卒。但是，这才是周迅，这才是周公子，她不会因为男人的富贵而屈膝，不会因为男人的无名而高傲，更不会因为一个男人有爱人在旁而退缩。她的一生都因爱而生，她选择男人的唯一标准也只是爱。

"周迅很容易征服别人，有力量，像精灵，不特别女人，历尽江湖磨难，跟谁都称兄道弟。生活的沸点低，有不为人知的坚韧。"高晓松这么说。每一段感情都轰轰烈烈，风风火火，仿佛接受众人的检阅。她就像是一个爱情的角斗士，虽然有时伤痕累累，但越战越勇。每一段情，都是她学习的过程，在这个过程中，她学会了爱，终于修炼成精，在对的时间里遇到了对的人。

第三个女人——王菲

我不知道当你们看到我这段文字的时候，是否她和谢霆锋又已经分手了。即便他们又分手了，我依然相信他们是相爱的，一直很相爱，只是换了不同的方式。

我记得很多年前，我还在报社做娱乐记者的时候，王菲和谢霆锋刚分手。为了八卦，特意找过星相大师约了一篇文章写王菲和谢霆锋的感情，不知道大师真的是为了搏出位还是真的道行高深，当时就预言他们还是会复合的。所以，当他们再次被狗仔偷拍的时候，我一直不意外。有时候我觉得在王菲那张孤傲冷淡的面孔下埋藏着的是火山即将爆发的岩浆，但是却只肯融化她喜欢的心。

王菲是一个很有魅力的女人，个性太过鲜明，和周迅是截然相反的性格，却都在爱情上洁癖执拗。为什么又是谢霆锋？万方有一首歌《老情歌》，其实情人并不是老的好，第一，得不到的永远觉得是最好的。第二，记得当时年纪小，蓦然回首，可能才知道，当初真的是自己错得太离谱。第三，待我长发及腰，岁月漫漫，读懂了白发，也读懂了爱。这三种之于王菲都有吧，她还有一种爱的惯性。

　　总觉得如果没有这一段复合，王菲的爱情不过是一个离了两次婚带着两个孩子的女人的不自量力。如果仅仅是复合，谢霆锋不过是一个离婚之后猛吃回头草的负心男子。可是，他们是王菲和谢霆锋，一对一直为爱生，为爱活的人。在《十二道锋味》中，我们看到成熟的嘴角挂着真诚的笑意的谢霆锋，也在谢霆锋身边看到了十五岁小女孩般真切甜美的笑容。

　　有人说，爱情是一种本能，要么第一次就会，要么一辈子也不会。显然，王菲属于那种天生就会爱的女人，或者说是天生就离不开爱的女人，所以，爱对于她不是一时一刻，不是速战速决，而是哪怕错过十年，依然故我的"慢"到血液的享乐。对她来说，爱情可以是携手到老的承诺与期待，也可以是风花雪月的美好回忆。就像刘墉说的"真爱是过程，而不是目的"。对王菲来说，她的每一段感情都是真爱，是人生的过程与体验，而非目的。爱已如同阳光、雨露、空气一样，成为她生命里不可或缺的一部分，至于那个男人是谁，其实并不重要，她享受的是爱的过程，爱的感受而已。

　　她在《传奇》中唱道："宁愿相信我们前世有约，今生的爱情故事不会再改变。宁愿用这一生等你发现，我一直在你身边，从未走远。"也如她《匆匆那年》中唱的："如果再见不能红着眼，是否还能红着脸。"我想重爱就应该是从红着脸的那一刻开始的吧，因为没有红着眼的恨，便笃定了红着脸的爱。那些年，还太匆匆。

每次选择爱情，她都只忠于自己的心意，不会由于分开就把自己的生活搅得乱七八糟。出现在公众面前，她总是那么淡淡的，不可能没有伤口，可是没见她说过任何人是非，更没见她抱怨过任何遭遇。她不急，总有爱情会降临。想起前几天又一个女神高圆圆出嫁的时候大家的祝福——还好，没有放弃，终于等到了你。

还好，她们终于等到了彼此。即便是若干时日后，他们还是分开了，我依然相信他们的爱情。爱情固然追求天长地久的永恒，但说到底爱情也是对生活一次次发出邀请，一次次追逐幸福，一次次点燃，一次次相信和不放弃。生命永远都不会因为爱情而沉寂，没有人可以规定你必须在什么时候和什么人做什么事。忠于内心，忠于情感，忠于幸福，这是你一生唯一的使命。

后记
还有一种感恩，叫慢下来

到了我这个年纪，才开始用心做一本书，其实说起来有些惭愧。这不是我的第一本书，相比于最初心怀梦想，要将文字烙印温度的那个年纪来说，我已经看淡了这件事。所以，现在的心情和心态都更像是把自己要说的话，随意地聊聊。可是，不行了。

因为打从一开始，我想和女孩们分享的心事是——别忙着找个"好人"就嫁了吧，自己却想在最快的时间把书做出来，这本身就是悖论。于是第一稿被孙总否定了。或许他顾及我不再是小女孩的面子，留下的肯言竟是鼓励。于是我们重新开始了一段亲密的交流，这种交流是频繁的，是自由的，是被挖掘的，是被需要的，更是被信任的。只是这一段交流下来，一等，就是半年。

孙总给我的最高权限是别管，什么都别管，按照想写的去写，别管他摸底调查时的鞭笞，别管他已听见的褒扬，别管编辑是不是已经约定了出版时间，什么都别管。不要为了迎合谁而改变自己的风格。不改初衷，这是极高的鼓励和信任。

坦白地说，我已经很久没有这么慢，这么用心做一件事了。不是我浮躁，而是生活的诉求已经不容许我或者很多像我一样的人兹求甚解了。但是通过这本书的创作，我想说有两件事情是我们无论如何必须要沉下心来的，那就是文字和爱情。

文字，白纸黑字，无论是否畅销，都像是一种证据，无法抵赖，无法挽回，只有认真对待一笔一画，才能得到认真的回报。爱情更像是一把回型刀，你用什么样的力量扔出去，它就用什么样的力量飞回来。所以，我写这本书就像是和文字又谈了一场恋爱。我在告诉姑娘们慢下来享受爱情的时候，也正在慢下来享受文字带给我的愉悦。

"慢慢来，谈一场不赶时间的恋爱"，这就是我想要的，有一种几乎是一见钟情的偏爱。爱情其实归根起来最熬不过的就是两个字——时间。时间像温水煮青蛙，能把一切爱情的假象煮沸，最后蒸馏出的精华，就叫作爱情。可是有多少人，随着水蒸气已经将心掏空，没能完整地守候到最后。时间不是爱情的天敌，认识爱情是试金石。没有人能给出一条百试不爽的爱情箴言，当然你也可以在读完之后回我一句——胡诌。可是我依旧希望你能和我一样不改初衷，记得自己寻找的是什么，在这种寻找中坚定地放慢脚步，感受当下的美好，这也正是我写这本书的初衷。

于是，第一稿，第二稿，第三稿……第一个书名，第二个书名，第三个书名……一次次推敲中，我体会着文字的放肆，也感受着一种慢慢恋爱的乐趣。"慢慢来，谈一场不赶时间的恋爱"，我也在慢慢来，写一本不赶时间的书。生活中所有的乐趣，大多应该如此吧。

慢下来，才能有心情和时间去体味。

历时半年，书稿终于完成。想想，爱情真的不是着急的事，写作亦然，有时间才有空间。我希望有一天，我的读者看到这本书心有所获，放慢飞驰的恋爱脚步，获得一段感情的幸福。也希望通过这一次，让我重拾慢的能力，重拾用心的能力，便也是对生活和孙总的一种感恩。还有那句话，与所有读者共勉：罐头是在1810年发明出来的，可开罐器却在1858年才被发明出来。重要的东西有时也会迟来一步，无论爱情还是生活。

别着急，勇敢地去谈一场不赶时间的恋爱吧！